O VENTO NOS SALGUEIROS

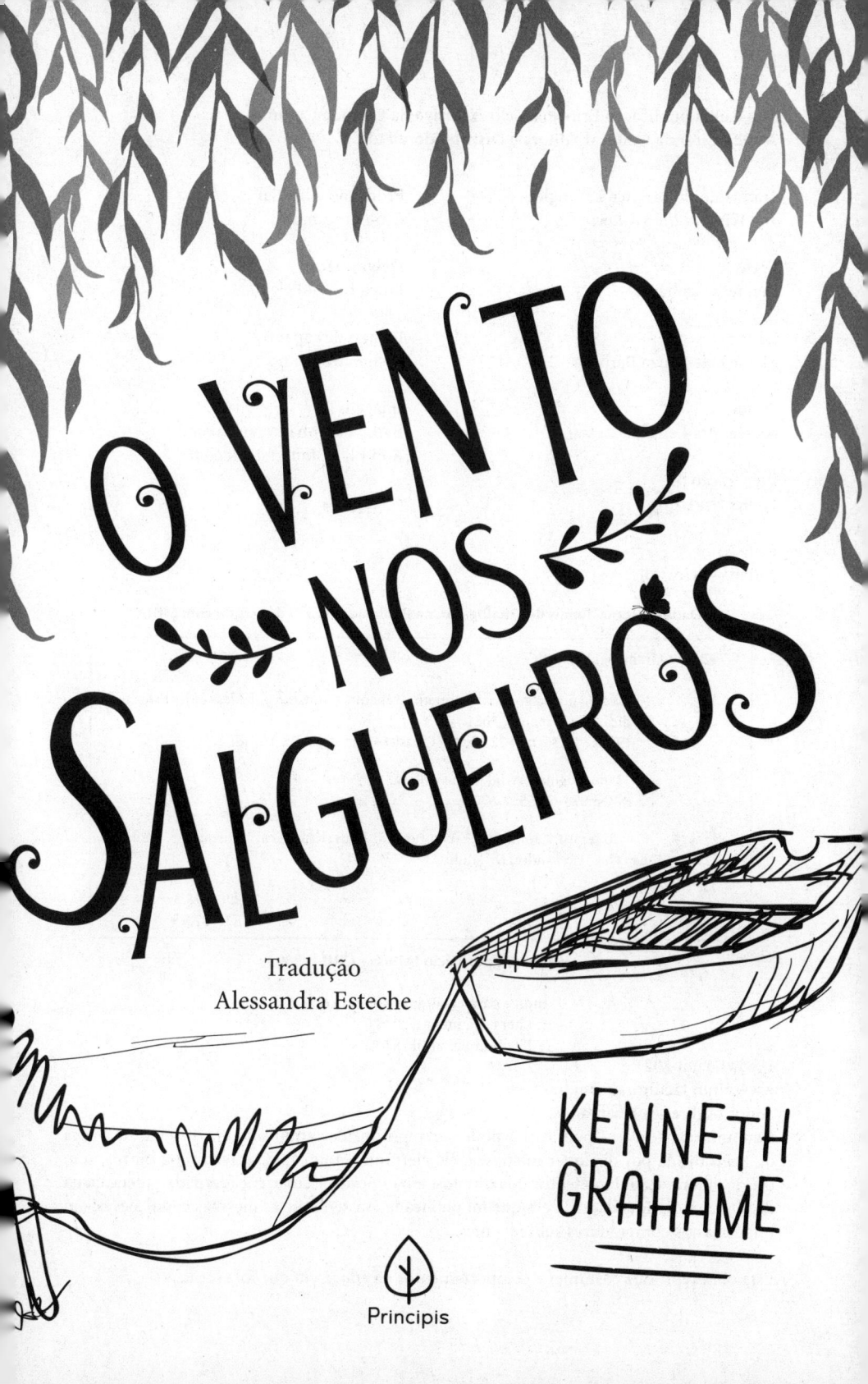

Esta é uma publicação Principis, selo exclusivo da Ciranda Cultural
© 2021 Ciranda Cultural Editora e Distribuidora Ltda.

Traduzido do original em inglês
The Wind in the Willows

Texto
Kenneth Grahame

Editora
Michele de Souza Barbosa

Tradução
Alessandra Esteche

Preparação
Walter Sagardoy

Revisão
Tatiana Vieira Allegro

Produção editorial
Ciranda Cultural

Diagramação
Linea Editora

Design de capa
Imaginare Studio

Imagens
Barco desenhado por Freepik
Ron Ellis/Shutterstock.com

Dados Internacionais de Catalogação na Publicação (CIP) de acordo com ISBD

G742v	Grahame, Kenneth.
	O vento nos salgueiros / Kenneth Grahame; traduzido por Alessandra Esteche. - Jandira, SP : Principis, 2021.
	192 p. ; 15,50cm x 22,60cm. (Clássicos da Literatura Mundial).
	Título original: Wind in the willow
	ISBN: 978-65-5552-670-7
	1. Literatura infantil. 2. Aventura. 3. Experiências. 4. Amizade. 5. Moral. I. Esteche, Alessandra. II. Título.
	CDD 028.5
2021-0236	CDU 82.93

Elaborado por Lucio Feitosa - CRB-8/8803

Índice para catálogo sistemático:
1. Literatura infantil : 028.5
2. Literatura infantil : 82.93

1ª edição em 2021
www.cirandacultural.com.br
Todos os direitos reservados.
Nenhuma parte desta publicação pode ser reproduzida, arquivada em sistema de busca ou transmitida por qualquer meio, seja ele eletrônico, fotocópia, gravação ou outros, sem prévia autorização do detentor dos direitos, e não pode circular encadernada ou encapada de maneira distinta daquela em que foi publicada, ou sem que as mesmas condições sejam impostas aos compradores subsequentes.

Esta obra reproduz costumes e comportamentos da época em que foi escrita.

Sumário

A margem do rio 7
A estrada aberta 21
A floresta selvagem 35
Senhor Texugo 49
Dulce domum 64
Senhor Sapo 81
O flautista nos portões do alvorecer 95
As aventuras do Sapo 107
Todos os viajantes 122
Mais aventuras do Sapo 140
"Como chuva de verão caíram suas lágrimas" 158
O retorno de Ulisses 177

A margem do rio

A Toupeira trabalhara arduamente a manhã inteira, faxinando sua pequena casa. Primeiro com vassouras, depois com espanadores; depois em escadas e degraus e cadeiras, com um pincel e um balde de cal; até ficar com pó na garganta e nos olhos, respingos de cal por todo o pelo preto, as costas doloridas e os braços cansados.

A primavera dançava no ar lá em cima e na terra lá embaixo, e até mesmo ao seu redor, penetrando em sua casa escura e humilde com o espírito de descontentamento e o anseio divino. Não foi de admirar, então, quando ela de repente largou a escova no chão e disse:

– Droga!

E:

– Maldição!

E também:

– Que se dane a faxina!

Saiu de casa apressada, sem nem ao menos vestir o casaco. Algo lá em cima a chamava imperiosamente, e ela se dirigiu ao pequeno túnel íngreme que correspondia, em seu caso, à entrada de cascalhos dos animais cujas residências eram mais próximas do sol e do ar. Então ela arranhou e arrastou e raspou e esgaravatou e de novo esgaravatou e raspou e arrastou e arranhou, mexendo ativamente as patinhas e resmungando para si mesma:

– Subindo! Subindo!

Até que, finalmente, *pop*!, seu focinho saiu para a luz do sol e ela rolou na grama quente do grande prado.

– Muito bom! – disse a si mesma. – Isso é melhor que faxinar!

O calor do sol golpeou seu pelo, brisas suaves acariciaram sua testa e, depois da reclusão do porão em que vivera por tanto tempo, o canto de pássaros felizes atingiu seus ouvidos entorpecidos quase como um grito. Pulando com as quatro pernas de uma vez, sentindo a alegria de viver e o prazer da primavera sem a faxina, ela seguiu seu caminho pelo prado até chegar à sebe do outro lado.

– Espere! – disse um coelho idoso em uma fenda. – Seis pence pelo privilégio de passar pela estrada particular!

Ele foi derrubado em um instante pela Toupeira impaciente e desdenhosa, que correu pela lateral da sebe provocando os outros coelhos, os quais logo vieram espiar de seus buracos para ver qual era o motivo da confusão.

– Hum, coelho com molho de cebola! – a Toupeira comentou zombeteira, e sumiu antes que os coelhos pudessem pensar em uma resposta satisfatória.

E eles começaram a reclamar uns com os outros.

– Como você é BURRO! Por que não disse a ela que...

– Bom, por que VOCÊ não disse...

– Você podia ter lembrado que...

E assim por diante, como de costume; mas, é claro, já era tarde demais, como sempre.

Tudo parecia bom demais para ser verdade. Aqui e ali, a Toupeira vagou agitada pela pradaria, pelas sebes, atravessando os pequenos bosques, encontrando por toda parte pássaros construindo, flores brotando, folhas rebentando – todos felizes, olhando em frente e atarefados. E, no lugar de uma consciência inquieta alfinetando e sussurrando "faxina!", ela só conseguia sentir a alegria que era ser o único cão vadio entre aqueles cidadãos atarefados. Afinal, a melhor parte de uma folga talvez não seja o próprio descanso, mas ver todos os outros trabalhando ocupados.

Ela já considerava sua felicidade completa quando, vagando sem rumo, de repente parou à beira de um rio cheio. Nunca tinha visto um rio antes – aquele animal esguio, sinuoso, encorpado, correndo e gargalhando, agarrando coisas com um gargarejo e largando-as com uma risada, para se lançar sobre companheiros que mal haviam se libertado e já eram agarrados e levados novamente. Tudo era tremor e tremedeira – luzes e brilhos e centelhas farfalhavam e giravam, tagarelavam e borbulhavam. A Toupeira estava enfeitiçada, arrebatada, fascinada. À beira do rio, corria como uma criança pequena corre ao lado de um homem que a mantém enfeitiçada por histórias instigantes; e, quando enfim se cansou, ela se sentou à margem, e o rio seguia tagarelando, uma procissão que murmurava as melhores histórias do mundo, enviadas pelo coração da terra para ao fim serem contadas ao mar insaciável.

Sentada na grama olhando para o outro lado do rio, um buraco escuro na margem oposta logo acima da beira da água chamou sua atenção, e, sonhadora, ela passou a pensar como aquela moradia seria agradável e confortável para um animal com poucos desejos e fã de uma pequena residência à beira do rio, acima do nível da água e longe do barulho e da poeira. Enquanto ela observava, algo claro e pequeno pareceu reluzir no centro do buraco, desaparecer e então brilhar mais uma vez como uma estrelinha. Mas dificilmente poderia ser uma estrela em uma situação tão improvável; e era brilhante e pequeno demais para um vaga-lume. Então, enquanto ela observava, o ser deu uma piscadela, e assim declarou se tratar de um olho; e um pequeno rosto começou a crescer aos poucos ao seu redor, como uma moldura ao redor de uma imagem.

Um rostinho marrom, com bigodes.

Um rosto redondo e sério, com o mesmo brilho nos olhos que de início chamara sua atenção.

Orelhinhas elegantes e pelo sedoso e grosso.

Era o Rato-d'Água!

Então os dois animais se levantaram e se entreolharam com atenção.

– Olá, Toupeira! – disse o Rato-d'Água.

– Olá, Rato! – disse a Toupeira.

– Quer vir até aqui? – perguntou logo o Rato.

– Ah, CONVERSAR assim já é o bastante – respondeu a Toupeira, um tanto apreensiva, por ser nova no rio, e na vida ribeirinha e seus costumes.

O Rato não disse nada, mas se abaixou e soltou uma corda e a puxou; então subiu levemente em um barquinho que a Toupeira não tinha visto. Era pintado de azul do lado de fora e de branco do lado de dentro, e tinha o tamanho exato para acomodar dois animais; e logo tomou conta do coração inteiro da Toupeira, embora ela ainda não compreendesse totalmente seu uso.

O Rato remou ligeiro e logo chegou à outra margem. Então estendeu a pata dianteira enquanto a Toupeira descia com cuidado.

– Apoie-se ali! – disse o Rato. – Agora, salte!

E a Toupeira, para sua surpresa e êxtase, de repente se viu sentada na popa de um barco de verdade.

– Tem sido um dia maravilhoso! – disse, enquanto o Rato afastava o barco da margem e voltava a remar. – Sabe, eu nunca estive em um barco na vida.

– O quê? – gritou o Rato, a boca aberta. – Nunca esteve em... você nunca... bom, eu... o que tem feito da vida, então?

— É tão bom assim? — perguntou a Toupeira, tímida, embora já estivesse quase convencida ao se recostar em seu assento examinando as almofadas, os remos, as forquilhas e todos os acessórios fascinantes, e sentindo o barco balançar levemente.

— Bom? É a ÚNICA coisa — disse o Rato-d'Água, solene, inclinando o tronco para a frente para remar. — Acredite, minha jovem amiga, não há NADA, absolutamente nada, que valha tanto a pena quanto ficar à toa em barcos. Simplesmente à toa — ele prosseguiu, em tom onírico — à... toa... em... barcos; à toa...

— Olhe para a frente, Rato! — gritou a Toupeira de repente.

Era tarde demais. O barco acertou em cheio a margem. E o sonhador, o alegre remador, caiu de costas no fundo do barco, os calcanhares no ar.

— ... em barcos... ou COM barcos — o Rato continuou calmamente, se levantando com uma gargalhada agradável. — Dentro ou fora deles, não importa. Nada na verdade parece importar, esse é o charme da coisa. Quer saia, ou não; quer chegue ao seu destino ou a outro lugar, ou nunca chegue a lugar algum, você está sempre ocupada, e nunca faz nada específico; e ao terminar há sempre algo mais a fazer, e você pode fazer se quiser, mas seria muito melhor que não fizesse. Escute! Se não tem mesmo nada mais a fazer esta manhã, por que não descemos o rio e passamos o dia juntos?

A Toupeira sacudiu os dedos dos pés de pura alegria, abriu o peito com um suspiro de plena satisfação e recostou-se feliz nas almofadas macias.

— QUE dia estou tendo! — disse. — Vamos logo!

— Espere um minuto, então! — pediu o Rato.

Ele laçou com a corda uma argola no cais, subiu até seu buraco e, após um breve intervalo, reapareceu cambaleando sob uma cesta gorda de vime.

— Enfie isso embaixo dos seus pés — ele disse à Toupeira, colocando a cesta dentro do barco. Então soltou a corda e tomou os remos de novo.

– O que tem dentro? – perguntou a Toupeira, se contorcendo de curiosidade.

– Tem frango frio – respondeu o Rato brevemente –, línguafriapresuntofriobifefriopepinoemconservasaladapãofrancêsagriãosanduíchescarneenlatadarefrigerantelimonadaáguacomgás...

– Ah, pare, pare – gritou a Toupeira em êxtase. – É demais!

– Você acha mesmo? – perguntou o Rato, sério. – É apenas o que eu sempre levo nesses pequenos passeios; e os outros animais sempre me dizem que sou mesquinho e MAL levo o suficiente!

A Toupeira não ouviu uma palavra do que ele dizia. Absorta na nova vida em que estava entrando, inebriada com o brilho, a ondulação, os aromas e sons e a luz do sol, passou uma pata na água e sonhou longos sonhos acordada. O Rato-d'Água, como o bom companheirinho que era, seguiu remando e evitou interrompê-la.

– Gosto muito de suas roupas, minha amiga – comentou depois de mais ou menos meia hora. – Vou comprar um terno de veludo preto qualquer dia, assim que tiver dinheiro.

– Me perdoe – disse a Toupeira, se recompondo com esforço. – Você deve achar que sou muito grosseira, mas tudo isto é novo para mim. Então... isso... é... um... rio!

– O Rio – corrigiu o Rato.

– E você mora mesmo à beira do rio? Que vida feliz!

– À beira dele e com ele e nele – respondeu o Rato. – É irmão e irmã para mim, e tias, e companhia, e comida e bebida, e (naturalmente) banho. É meu mundo, e não quero outro. O que ele não oferece não vale a pena ter, e o que não conhece não vale a pena conhecer. Deus! Os momentos que passamos juntos! No verão ou no inverno, na primavera ou no outono, sempre com emoção e diversão. Quando é época de cheia em fevereiro, e meu porão está abarrotado de bebidas que não são boas para mim, e a água marrom escorre pela janela do meu melhor cômodo; ou de novo quando a água baixa e revela manchas de lama que cheiram a bolo de ameixa, e os juncos e as ervas daninhas entopem os canais, e posso vasculhar a maior parte de seu leito seco e encontrar alimentos frescos, e coisas que pessoas descuidadas derrubam de barcos!

– Mas não é um pouco chato às vezes? – a Toupeira atreveu-se a perguntar. – Só você e o rio e ninguém com quem conversar?

– Ninguém com quem... Bom, não vou ser duro com você – disse o Rato, paciente. – Você é nova aqui, e é claro que não sabe. O leito do rio é tão populoso hoje em dia que muitas pessoas estão indo embora: ah, não, não é mais como antes, não mesmo. Lontras, martins-pescadores, mergulhões-pequenos, frangos-d'água, todos eles por aí o dia todo e querendo que você FAÇA alguma coisa... como se já não tivéssemos nossos próprios afazeres!

– O que é AQUILO? – perguntou a Toupeira, agitando uma pata em direção a uma paisagem de arvoredos que emoldurava um dos lados do rio.

– Aquilo? Ah, é só a Floresta Selvagem – respondeu o Rato brevemente. – Não vamos muito lá, nós, os ribeirinhos.

– As pessoas... as pessoas não são BOAS lá? – perguntou a Toupeira, um tanto nervosa.

– Beeem – respondeu o Rato –, deixe-me ver. Os esquilos são legais. E os coelhos... alguns deles, mas os coelhos são uma mistura. E tem o Texugo, claro. Ele vive bem no coração da floresta; e não viveria em nenhum outro lugar, nem que lhe pagassem. O bom e velho Texugo! Ninguém mexe com ELE. É bom que não mexam – acrescentou expressivo.

– Por que, quem MEXERIA com ele? – perguntou a Toupeira.

– Bem... é claro que... existem outros – explicou o Rato hesitante. – Doninhas... e furões... e raposas... e assim por diante. São bons de certa forma... sou muito amigo deles... conversamos um pouco quando nos encontramos, e tal... mas às vezes eles extrapolam, não há como negar, e aí... bem, não se pode confiar neles, essa é a verdade.

A Toupeira sabia muito bem que era contra a etiqueta animal se preocupar com possíveis problemas futuros, ou mesmo fazer alusão a eles; então desistiu do assunto.

– E além da Floresta Selvagem? – perguntou. – Onde tudo é azul e turvo, e se vê o que talvez sejam colinas, ou talvez não, e algo como a fumaça de cidades, ou seria apenas o deslocamento das nuvens?

– Além da Floresta Selvagem fica o Mundo Selvagem – disse o Rato. – E isso é algo que não tem importância, nem para você nem para mim. Eu nunca fui lá, e nunca irei, e nem você, se tiver algum juízo. Nunca mais fale disso, por favor. Bom! Finalmente chegamos ao nosso remanso, onde vamos almoçar.

Deixando o riacho principal, eles entraram no que à primeira vista pareceu um pequeno lago. A relva verde cobria a encosta em ambas as margens, raízes de árvores marrons serpenteantes reluziam sob a superfície da água calma, e à frente delas o ombro prateado e a queda espumosa de uma barragem, de braços dados com um moinho d'água, gotejante e inquieto, que sustentava com seu giro um moinho cinza, preenchendo o ar com um murmúrio relaxante, lento e suave, mas com pequenas vozes nítidas falando alegremente de tempos em tempos. Era tão lindo que a Toupeira juntou as patas dianteiras e suspirou:

– Minha nossa! Minha nossa! Minha nossa!

O Rato levou o barco até a margem, amarrou-o, ajudou a Toupeira ainda sem jeito a descer em segurança e tirou a cesta. A Toupeira insistiu em servir tudo sozinha, como um favor; e o Rato ficou muito contente em fazer sua vontade, e se esparramar na grama e descansar, enquanto a amiga animada sacudia a toalha e a estendia, tirando todos os pacotes misteriosos um a um e dispondo seu conteúdo organizadamente, ainda ofegante:

– Minha nossa! Minha nossa! – exclamava a cada nova revelação.

Quando tudo estava pronto, o Rato disse:

– Agora, pode atacar, velha amiga!

E a Toupeira obedeceu com alegria, pois tinha começado a faxina bem cedinho naquela manhã, como de costume, e não tinha parado para um bocado ou um trago; e tinha passado por muita coisa desde aquele momento distante que agora parecia ter acontecido muitos dias antes.

– O que você está olhando? – logo perguntou o Rato, quando o pico da fome que sentiam já estava quase aplacado, e os olhos da Toupeira se desviaram da toalha por um instante.

– Estou olhando – respondeu a Toupeira – as bolhas que vejo viajando na superfície da água. É algo que me parece engraçado.

– Bolhas? Ah! – disse o Rato, e gorjeou alegre e convidativo.

Um largo focinho reluzente apareceu na beira do rio, e a Lontra içou-se para a margem e sacudiu a água de seu casaco.

– Sujeitinhos gulosos! – observou, avançando em direção à comida. – Por que não me convidou, Ratinho?

– Aconteceu de improviso – explicou o Rato. – A propósito... minha amiga, a senhora Toupeira.

– Encantado, tenho certeza – disse a Lontra, e os dois animais ficaram amigos imediatamente. – Uma bagunça por toda parte! – continuou a Lontra. – O mundo inteiro parece estar no rio hoje. Vim até este remanso para ter um momento de paz, e dou de cara com vocês, companheiros! Pelo menos... me perdoem... não é bem isso que quero dizer, vocês sabem.

Houve um farfalhar atrás deles, vindo de uma sebe onde as folhas do ano anterior seguiam firmes, e uma cabeça listrada, com ombros altos, espiou em sua direção.

– Venha, meu velho Texugo! – gritou o Rato.

O Texugo trotou um ou dois passos para a frente; então grunhiu:

– Ai! Companhia!

E deu as costas para eles e desapareceu.

– É EXATAMENTE o tipo de sujeito que ele é! – observou o Rato, decepcionado. – Simplesmente detesta a Sociedade. Agora não devemos mais vê-lo por hoje. Bem, diga-nos, QUEM está no rio?

– O Sapo, por exemplo – respondeu a Lontra. – Em um barco de regata novinho, trajes novos, tudo novo!

Os dois animais se entreolharam e riram.

– Houve uma época em que a vida para ele era só velejar – disse o Rato. – Então ele se cansou disso e começou a andar de gôndola. Andar de gôndola todos os dias o dia todo era a única coisa que o deixava feliz, e ele fazia uma bela bagunça. Ano passado foi uma casa-barco, e todos tivemos que ir ficar com ele em sua casa-barco, e fingir que estávamos gostando. Ele ia passar o resto da vida em uma casa-barco. É sempre a mesma coisa, o que quer que ele invente; ele se cansa, e começa algo novo.

– Um grande sujeito – observou a Lontra, pensativa. – Mas nenhuma estabilidade... principalmente em um barco!

De onde estavam eles conseguiam ver o riacho principal do outro lado da ilha que os separava dele; e neste instante um barco de regata surgiu, o remador – uma figura baixa e robusta – espirrando muita água e recuando bastante, mas se dedicando ao máximo. O Rato se levantou e o saudou, mas o Sapo – era mesmo ele – balançou a cabeça e voltou ao trabalho com firmeza.

– Ele vai cair para fora do barco já, já se continuar recuando assim – disse o Rato, voltando a se sentar.

– É claro que vai – riu a Lontra. – Eu já te contei a boa história do Sapo e do guardião da eclusa? Aconteceu assim: o Sapo...

Uma Efemérida errante deu uma guinada atravessando a corrente, à maneira exagerada das Efemérias jovens quando vislumbram vida. Um redemoinho na água e um *flup!*, e a Efemérida sumiu.

E a Lontra também.

A Toupeira olhou para baixo. A voz ainda estava em seus ouvidos, mas o pedaço de relva onde ela tinha se escarrapachado estava obviamente vazio. Nenhuma Lontra à vista, até o horizonte distante.

Mas uma faixa de bolhas ressurgiu na superfície da água.

O Rato cantarolou uma melodia, e a Toupeira lembrou que a etiqueta animal proibia qualquer tipo de comentário sobre o desaparecimento repentino de uma amiga a qualquer momento, por qualquer motivo ou sem nenhum.

– Muito bem – disse o Rato –, acho que temos de ir andando. Me pergunto qual de nós dois deve guardar o almoço na cesta?

Ele não falou como quem desejasse terrivelmente fazer a tarefa.

– Ah, por favor, deixe-me guardar – disse a Toupeira.

Então, é claro, o Rato deixou.

Guardar o almoço na cesta não era uma tarefa tão prazerosa quanto tirá-lo dela. Nunca é. Mas a Toupeira estava decidida a desfrutar de tudo e, embora, com a cesta recém-fechada e amarrada, ela tenha visto um prato na grama e, com o trabalho finalizado, o Rato tenha apontado para um garfo que qualquer um teria visto e, por fim, veja!, o pote de mostarda, em cima do qual ele estava sentado sem perceber – ainda assim, de alguma maneira, a tarefa foi enfim cumprida, sem que ninguém perdesse demais as estribeiras.

O sol da tarde já baixava quando o Rato começou a remar gentilmente para casa em um humor onírico, murmurando coisas poéticas para si mesmo e sem dar muita atenção à Toupeira. Mas a Toupeira estava cheia do almoço, e de satisfação e de orgulho, e já bastante à vontade no barco (ou era o que ela achava), e estava ficando um pouco inquieta. Logo disse:

– Ratinho! Por favor, *eu* quero remar, agora!

O Rato balançou a cabeça com um sorriso.

– Ainda não, minha jovem amiga – ele respondeu. – Espere até fazer algumas aulas. Não é tão fácil quanto parece.

A Toupeira ficou em silêncio durante um ou dois minutos. Mas começou a sentir cada vez mais inveja do Rato, remando com tanta força e facilidade, e seu orgulho começou a sussurrar que ela também poderia fazer aquilo. Ela saltou e tomou os remos, tão de repente que o Rato, que estava olhando para a água e dizendo mais coisas poéticas para si mesmo, foi pego de surpresa e caiu para trás com as pernas no ar pela segunda vez, enquanto a Toupeira triunfante tomava seu lugar e agarrava os remos com toda a confiança.

– Pare, sua TOLA! – clamou o Rato, do fundo do barco. – Você não sabe remar! Vai virar o barco!

A Toupeira jogou os remos para trás com um floreio, e escavou fundo na água. Errou completamente a superfície, suas pernas se lançaram sobre sua cabeça, e ela se viu deitada em cima do Rato prostrado. Muito assustada, tentou agarrar a lateral do barco, e no instante seguinte... *splash*!

O barco virou, e ela se viu lutando contra o rio.

Ah, como a água estava fria, e, ah, como era MOLHADA. Como cantava em seus ouvidos enquanto ela afundava e afundava! Como o sol parecia brilhante e agradável quando ela subiu até a superfície tossindo e cuspindo! Como era profundo seu desespero quando sentiu que afundava novamente! Então uma pata firme a agarrou pela nuca. Era o Rato, e ele claramente estava rindo – a Toupeira SENTIA que ele estava rindo, o riso descia por seu braço e sua pata, e entrava em seu pescoço – o pescoço da Toupeira, no caso.

O Rato agarrou um remo e enfiou-o embaixo do braço da Toupeira; então fez o mesmo com o outro braço e, nadando atrás dela, levou o animal indefeso até a margem, puxou-o para fora da água e largou-o em terra firme, uma bola mole e polpuda de tristeza.

Quando o Rato já tinha se esfregado um pouco e torcido um pouco da água dos pelos, ele disse:

– Agora, minha velha amiga! Trote de um lado para o outro, até ficar aquecida e seca novamente, enquanto eu mergulho atrás da cesta.

Então a Toupeira, desanimada, molhada por fora e envergonhada por dentro, trotou por ali até ficar quase seca, enquanto o Rato mergulhou novamente na água, recuperou o barco, endireitou-o, levou sua propriedade flutuante até a margem aos poucos e finalmente mergulhou com sucesso atrás da cesta e voltou à margem com ela.

Quando estava tudo pronto para partirem mais uma vez, a Toupeira, mancando abatida, tomou seu lugar na popa do barco; quando eles partiram, ela disse em voz baixa, tremida de emoção:

– Ratinho, meu amigo generoso! Lamento muito por minha conduta tola e ingrata. Meu coração quase para quando penso que eu podia ter perdido aquela bela cesta. De fato, eu fui uma tola, e sei disso. Você poderia ignorar esse comportamento uma vez e me perdoar, e deixar que as coisas sigam como estavam?

– Tudo bem, pobrezinha! – respondeu o Rato, animado. – O que é um pouco de umidade para um Rato-d'Água? Passo mais tempo na água que fora dela na maioria dos dias. Nem pense mais nisso. E, veja! Acho mesmo que você devia passar um tempinho na minha casa. É bastante simples, sabe... não como a casa do Sapo... mas você não a viu ainda; porém, posso deixá-la confortável. E ensiná-la a remar, e a nadar, e logo você vai se virar tão bem na água quanto qualquer um de nós.

A Toupeira ficou tão comovida com aquela fala gentil que nem conseguiu responder; e teve de secar uma ou duas lágrimas com as costas da pata. Mas o Rato desviou o olhar com gentileza, e logo o ânimo da Toupeira ressurgiu, e ela até conseguiu dar uma resposta a uns frangos-d'água que riam de sua aparência enlameada.

Quando eles chegaram em casa, o Rato acendeu uma grande fogueira na sala de estar e colocou a Toupeira na poltrona em frente a ela, e trouxe-lhe um roupão e um par de chinelos, e contou-lhe histórias sobre o rio até a hora do jantar. E eram histórias muito emocionantes para um animal que vivia na terra como a Toupeira. Histórias sobre açudes, e inundações repentinas, e navios a vapor que lançavam garrafas – pelo menos as garrafas eram certamente lançadas, e DOS navios a vapor, então, presumivelmente, POR eles; e sobre garças, e como elas escolhiam a dedo com quem conversavam; e sobre aventuras em ralos e pescarias noturnas com a Lontra, ou longas excursões com o Texugo. O jantar foi uma refeição muito animada; mas logo depois uma Toupeira terrivelmente sonolenta teve de ser guiada escada acima pelo anfitrião atencioso, até o melhor quarto, onde ela logo deitou a cabeça no travesseiro com muita paz e satisfação, sabendo que seu novo amigo, o Rio, lambia o parapeito de sua janela.

Esse foi apenas o primeiro de muitos dias semelhantes para a Toupeira emancipada, cada um deles mais longo e cheio de coisas interessantes conforme o verão avançava. Ela aprendeu a nadar e a remar, e se uniu à alegria da água corrente; e com o ouvido colado aos caules de junco, de vez em quando, ouvia algo que o vento sussurrava tão constantemente entre eles.

A estrada aberta

– Ratinho – disse a Toupeira de repente, em uma bela manhã de verão –, se puder, quero lhe pedir um favor.

O Rato estava sentado à beira do rio, cantando uma musiquinha. Ele tinha acabado de compô-la, sozinho, então estava muito ocupado com ela, e não dava a devida atenção à Toupeira ou a qualquer outra coisa. Tinha passado a manhã toda nadando no rio, em companhia de seus amigos patos. E quando os patos afundavam a cabeça, como os patos fazem, ele mergulhava e fazia cócegas no pescoço deles, onde seria o queixo se patos tivessem queixo, até serem obrigados a voltar à superfície às pressas, cuspindo irritados e sacudindo as penas para ele, pois é impossível dizer TUDO o que se sente com a cabeça embaixo da água. Por fim, eles imploraram a ele que fosse embora cuidar da própria vida e deixasse que cuidassem da deles. Então o Rato foi embora, e sentou à margem do rio ao sol, e inventou uma música sobre eles, que chamou de:

Kenneth Grahame

CANTIGA DOS PATOS

Por todo o remanso,
Tomado de assalto,
Os patos se aventuram,
O rabo para o alto!

Patas de pato
Amarelas palpitando,
Bicos escondidos
No rio mergulhando!

No charco verde
Onde a barata nada –
Deixamos a bebida
Para ficar gelada.

Cada um como quiser
Deixamos estar
Mergulhando,
A explorar!

E lá do azul do céu
Vem o chamado
Mas sempre mergulhamos
O rabo para o alto!

– Não sei se gosto TANTO assim dessa musiquinha, Rato – comentou a Toupeira com cautela. Ela não era nenhuma poeta e não se importava se soubessem; e tinha uma natureza sincera.

– Nem os patos também não gostam – respondeu o Rato, animado. – Eles dizem "POR QUE não podemos fazer o que queremos QUANDO queremos COMO queremos, sem que os outros fiquem sentados à margem observando tudo o tempo todo e fazendo comentários e poemas e músicas sobre nós? Que BOBAGEM tudo isso!". É o que os patos dizem.

– É verdade, é verdade – disse a Toupeira, cordial.

– Não, não é! – exclamou o Rato indignado.

– Bom, então não é, não é – respondeu a Toupeira em tom suave. – Mas o que eu queria pedir era, por que não me leva para fazer uma visita ao senhor Sapo? Ouvi muito sobre ele e quero conhecê-lo.

– Ora, é claro – disse o Rato, bem-humorado, levantando-se de um salto e tirando a poesia da cabeça pelo restante do dia. – Pegue o barco, e vamos logo remar até lá. Nunca é a hora errada para fazer uma visita ao Sapo. Cedo ou tarde ele é sempre o mesmo sujeito. Sempre bem-humorado, sempre feliz em vê-lo, sempre lamentando que vá embora!

– Ele deve ser um animal bastante simpático – comentou a Toupeira, entrando no barco e tomando os remos, enquanto o Rato se acomodava na popa.

– Ele é mesmo o melhor dos animais – respondeu o Rato. – Tão simples, tão bem-humorado e tão carinhoso. Talvez ele não seja muito esperto... nem todos podemos ser gênios; e talvez seja orgulhoso e vaidoso. Mas tem grandes qualidades, e é saltitante.

Contornando uma curva no rio, eles avistaram uma casa antiga, digna e bela, de tijolos vermelhos, com um gramado bem cuidado que avançava até a beira da água.

– Eis o Salão do Sapo – disse o Rato. – E o riacho à esquerda, com a placa que diz "Área particular – não é permitido desembarcar", leva à garagem de barcos, onde vamos deixar o barco. A estrebaria fica ali à direita. Aquele é o salão de banquetes... muito antigo. O Sapo é bem rico, sabe, e esta é mesmo uma das casas mais belas das redondezas, embora nunca admitamos isso na frente dele.

Eles deslizaram riacho acima, e a Toupeira fixou os remos quando entraram na sombra de uma garagem de barcos enorme, onde viram muitos barcos bonitos, pendurados nas vigas transversais ou sobre uma rampa, mas nenhum na água, e o lugar tinha um ar de intocado e deserto.

O Rato olhou ao redor.

– Eu entendo – disse. – A coisa do barco acabou. Ele se cansou e não quer mais saber disso. Me pergunto qual é a nova moda que adotou agora. Venha, vamos procurar por ele. Vamos saber de tudo já, já.

Eles desembarcaram e caminharam pelos gramados alegres enfeitados de flores à procura do Sapo, que logo encontraram repousando em uma cadeira de vime no jardim, com uma expressão preocupada no rosto e um mapa aberto sobre os joelhos.

– Viva! – gritou, pulando ao vê-los. – Isso é maravilhoso! – Ele apertou as patas dos dois calorosamente, sem esperar ser apresentado à Toupeira. – Que GENTILEZA a sua! – continuou, dançando ao redor dos dois. – Eu ia mesmo enviar um barco rio abaixo para buscá-lo, Ratinho, com ordens estritas de que você fosse trazido para cá imediatamente, o que quer que estivesse fazendo. Queria muito você... vocês dois. Agora, o que vão querer? Entrem para comer alguma coisa! Não sabem a sorte que é vocês aparecerem neste instante!

– Vamos nos sentar um pouco, Sapinho! – disse o Rato, se jogando em uma poltrona enquanto a Toupeira ocupava a outra ao seu lado e fazia algum comentário cortês sobre a "residência encantadora" do Sapo.

– É a melhor casa de todo o rio! – o Sapo exclamou com energia. – Ou de qualquer outro lugar, aliás – não pôde deixar de acrescentar.

Aqui o Rato cutucou a Toupeira. Infelizmente o Sapo viu, e ficou muito vermelho. Houve um momento de silêncio doloroso. Então o Sapo caiu na gargalhada.

– Muito bem, Ratinho – disse. – É o meu jeito, você sabe. E não é uma casa tão ruim, não é mesmo? Você sabe que também gosta bastante dela. Agora, veja. Sejamos sensatos. Vocês são exatamente os animais que eu queria. Precisam me ajudar. É muito importante!

– É sobre sua remada, imagino – disse o Rato, com um ar de inocência. – Você está se virando muito bem, embora ainda espirre uma boa quantidade de água. Com alguma paciência, e um pouco de treino, você pode...

– Ah, basta! Barcos! – interrompeu o Sapo, com grande desgosto. – Diversão infantil tola. Desisti disso há MUITO tempo. Pura perda de tempo, isso sim. Lamento muito ver vocês, meus amigos, que deviam ser mais sábios, gastando todas as suas energias em algo tão inútil. Não, descobri A coisa, a única ocupação genuína para a vida toda. Pretendo dedicar o restante da minha a isso, e só posso me arrepender dos anos perdidos que ficaram para trás, desperdiçados em trivialidades. Venha comigo, querido Ratinho, e sua amiga simpática também, se ela tiver a bondade, até o pátio do estábulo, e verão o que verão!

Ele guiou o caminho até o pátio do estábulo, o Rato seguindo logo atrás com uma expressão de desconfiança; e ali, saindo da cocheira para o espaço aberto, viram uma carroça cigana, reluzindo a novidade, pintado de amarelo-canário com rodas verdes e vermelhas.

– Aí está! – exclamou o Sapo, se escarrapachando todo. – Eis a vida de verdade, incorporada naquela carrocinha. A estrada aberta, a rodovia empoeirada, o charco, as praças, as sebes, os morros ondulantes! Campos, vilarejos, cidades pequenas e grandes! Aqui hoje, em outro lugar amanhã! Viagem, mudança, interesse, emoção! O mundo inteiro à sua frente, um horizonte que está sempre mudando! E vejam! É a melhor carroça já construída, sem exceção. Entrem e deem uma olhada na organização. Eu mesmo planejei tudo, eu!

A Toupeira ficou muito interessada e entusiasmada, e o seguiu com vontade escada acima até o interior da carroça. O Rato só bufou e enfiou as mãos nos bolsos, sem sair do lugar.

Era muito compacto e confortável. Pequenos beliches... uma pequena mesa que se recolhia na parede... um fogão, armários, estantes, uma gaiola com um pássaro dentro; e potes, panelas, jarros e chaleiras de todos os tipos e tamanhos.

– Completo! – disse o Sapo, triunfante, abrindo um armário. – Vejam... biscoitos, lagosta em conserva, sardinhas... tudo o que se pode querer. Água com gás aqui, tabaco ali, papel de carta, bacon, geleia, baralho e dominós... vocês vão ver – ele continuou, enquanto voltavam pela escada –, vocês vão ver que nada foi esquecido, quando nós partirmos esta tarde.

– Perdão – disse o Rato devagar, mastigando uma palha –, eu ouvi você dizer que NÓS... vamos PARTIR... ESTA TARDE?

– Por favor, querido Ratinho – disse o Sapo, implorando. – Não comece a falar nesse tom rígido e altivo, porque você sabe que TEM que vir. Não vou conseguir sem você, então, por favor, considere tudo certo, e não discuta... é a única coisa que não suporto. Você certamente não pretende ficar em seu velho rio empoeirado a vida inteira, e viver em um buraco na margem, e NAVEGAR? Quero mostrar o mundo a você! Vou fazer de você um ANIMAL, meu garoto!

– Não me importo – disse o Rato, obstinado. – Não vou, e pronto. E vou FICAR no meu velho rio, E viver em um buraco, E navegar, como sempre fiz. E mais, a Toupeira vai ficar comigo e fazer como eu, não vai, Toupeira?

– É claro que vou – disse a Toupeira, fiel. – Sempre vou ficar com você, Rato, e o que você diz que deve ser... será. Ainda assim, parece que poderia ser... bem, muito divertido, sabe! – acrescentou, melancólica. Pobre Toupeira! A Vida Aventureira era uma coisa tão nova para ela, e tão emocionante; e esse aspecto novo era tão tentador; e ela se apaixonara à primeira vista pela carroça cor de canário e por todos os seus pequenos acessórios.

O Rato viu o que estava se passando pela cabeça dela, e hesitou. Ele detestava decepcionar as pessoas, e gostava da Toupeira, e faria quase tudo para agradá-la. O Sapo observava os dois atentamente.

– Entrem e almocem – disse, diplomático. – E vamos conversar sobre isso. Não precisamos decidir nada com pressa. É claro, *eu* não me importo. Só quero proporcionar prazer a vocês, amigos. "Viva pelos outros!" Este é meu lema na vida.

Durante o almoço – que estava excelente, é claro, como tudo sempre era no Salão do Sapo –, o Sapo simplesmente se deixou levar. Desconsiderando o Rato, ele começou a enrolar a inexperiente Toupeira como um novelo. Animal naturalmente volúvel, e sempre dominado pela imaginação, ele pintou as promessas da viagem e as alegrias de uma vida aberta à beira da estrada com cores tão reluzentes que a Toupeira mal conseguia ficar sentada na cadeira de tanta animação. De alguma forma, logo pareceu certo aos três que a viagem estava resolvida; e o Rato, embora ainda não convencido em sua cabeça, permitiu que sua boa vontade superasse suas objeções pessoais. Ele não suportava decepcionar seus dois amigos, que já haviam mergulhado em esquemas e expectativas, planejando os acontecimentos de cada dia por várias semanas.

Quando estavam prontos, o agora triunfante Sapo levou seus companheiros ao pasto e colocou-os para capturar o velho cavalo cinza, que, sem ter sido consultado, e para sua imensa irritação, fora incumbido pelo Sapo do trabalho mais empoeirado daquela expedição empoeirada. Ele sinceramente preferia o pasto, e demorou a ser capturado. Enquanto isso, o Sapo enchia ainda mais os armários de mantimentos e pendurava bornais, redes de cebolas, fardos de feno e cestas na traseira da carroça.

Finalmente o cavalo foi pego e arreado, e eles partiram, todos falando ao mesmo tempo, cada animal ou caminhando ao lado da carroça ou sentado no eixo, como preferia. Foi uma tarde de ouro. O cheiro da poeira que eles chutavam era rico e agradável; dos pomares densos de ambos os lados da estrada pássaros cantavam e assoviavam para eles com alegria; viajantes bem-humorados, ao passar por eles, desejavam "bons-dias", ou paravam para dizer coisas boas sobre a linda carroça; e coelhos, sentados à porta de suas casas nas sebes, levantavam as patas dianteiras e diziam: "Oh! Oh! Oh!".

Tarde da noite, cansados e felizes e a quilômetros de casa, eles pararam em um parque longe das habitações, soltaram o cavalo para que pastasse e comeram seu jantar simples sentados na grama ao lado da carroça. O Sapo tagarelou sobre tudo o que ia fazer nos próximos dias, e enquanto isso as estrelas ficavam mais cheias e maiores ao seu redor, e uma lua amarela, que apareceu repentina e silenciosamente de lugar nenhum, veio lhes fazer companhia e ouvir suas conversas. Finalmente, foram para os pequenos beliches na carroça; e o Sapo, com as pernas inquietas, disse, sonolento:

– Bem, boa noite, meus amigos! Esta é que é a vida perfeita para um cavalheiro! Falem sobre seu velho rio!

– Eu NÃO falo sobre meu rio – respondeu o Rato paciente. – Você SABE que não falo, Sapo. Mas PENSO nele – acrescentou pateticamente, em um tom mais baixo. – Penso nele... o tempo todo!

A Toupeira estendeu a pata para fora do cobertor, procurou pela pata do Rato na escuridão e apertou-a.

– Vou fazer o que você quiser, Ratinho – sussurrou. – Devemos fugir amanhã de manhã, bem cedo, MUITO cedo, e voltar para nosso querido buraco à beira do rio?

– Não, não, vamos até o fim – sussurrou de volta o Rato. – Muito obrigado, mas vou ficar ao lado do Sapo até esta viagem terminar. Não seria seguro deixá-lo sozinho. Não vai demorar muito. Suas modas nunca duram. Boa noite!

O fim estava mesmo ainda mais próximo do que o Rato imaginava.

Depois de tanto ar livre e entusiasmo, o Sapo dormiu profundamente, e os maiores chacoalhões não foram capazes de tirá-lo da cama na manhã seguinte. Então a Toupeira e o Rato saíram, em silêncio e com vontade, e, enquanto o Rato cuidava do cavalo, e acendia o fogo, e limpava os copos e pratos da noite anterior, e arrumava as coisas para o café da manhã, a Toupeira se arrastou até a vila mais próxima, uma longa caminhada, para buscar leite e ovos e vários mantimentos que o Sapo, é claro, tinha se esquecido de providenciar. O trabalho duro já tinha acabado, e os dois animais estavam descansando, completamente exaustos, quando o Sapo apareceu, revigorado e alegre, destacando a vida agradável e fácil que todos eles levavam agora, sem os cuidados e as preocupações e as fadigas do lar.

Fizeram um passeio agradável naquele dia pelos morros verdejantes e vielas estreitas e compridas, e acamparam como antes, em uma área pública, mas desta vez os dois convidados garantiram que o Sapo cumprisse com uma parte justa das tarefas. Como consequência, quando chegou a hora de iniciar a manhã seguinte, o Sapo não estava mais tão extasiado com a simplicidade da vida primitiva, e tentou voltar a seu lugar no beliche, de onde foi arrancado à força. O caminho deles se estendeu, como antes, pelo interior por vielas estreitas, e só à tarde chegaram à estrada, sua primeira estrada; e ali o desastre, rápido e imprevisto, caiu sobre eles – um desastre grave para sua expedição, de um efeito simplesmente avassalador na vida do Sapo a partir de então.

Eles estavam caminhando pela estrada tranquilamente, a Toupeira ao lado da cabeça do cavalo, conversando com ele, pois o cavalo tinha reclamado que estava se sentindo muito excluído, e que ninguém pensava nele; o Sapo e o Rato-d'Água caminhando atrás da carroça e conversando – pelo menos o Sapo estava conversando, e o Rato dizia, de vez em quando, "Sim, exatamente; e o que VOCÊ disse a ELE?", o tempo todo pensando em outra coisa completamente – quando ouviram, vindo de trás deles, um leve zumbido de aviso; como o zumbido de uma abelha distante. Olhando para trás, viram uma nuvem pequena de poeira, com um centro escuro de energia, avançando em sua direção a uma velocidade inacreditável, e da poeira saía um *puf-puf* gemido, como um animal inquieto machucado. Quase sem pensar, eles viraram para retomar a conversa, e em um instante (ao que parecia) a cena tranquila mudou, e, com uma rajada de vento e um turbilhão de som que os fez saltar para a vala mais próxima, a coisa estava em cima deles! O *puf-puf* era um grito flagrante em seus ouvidos, e eles vislumbraram por um instante o interior de vidro reluzente e couro caprino suntuoso, e o automóvel magnífico, imenso, de tirar o fôlego, ardente, com o piloto tenso e agarrado ao volante, dominou toda a terra e o ar em uma fração de segundo, lançando uma nuvem de poeira que os cegou e os envolveu completamente, e virou um pontinho a distância, voltando ao zumbido de uma abelha.

O velho cavalo cinza, que sonhava, conforme avançava, com seu pasto tranquilo, em uma situação nova e bruta como essa simplesmente se entregou a suas emoções naturais. Recuando, disparando para trás com firmeza, apesar dos esforços da Toupeira ao lado de sua cabeça, e de toda sua linguagem vivaz, que se dirigia a seus melhores sentimentos, o cavalo levou a carroça para trás em direção à vala profunda à margem da estrada. Um instante de suspensão – e um estrondo de partir o coração – e a carroça cor de canarinho, seu orgulho e sua alegria, caiu de lado na vala, um naufrágio irremediável.

O Rato dançava pela estrada, completamente tomado pela emoção.

— Seus patifes! – gritava, sacudindo ambos os punhos. – Seus canalhas, seus salteadores, seus... seus... barbeiros! Vou denunciá-los! Vou entregá-los! Vou arrastá-los por todos os tribunais!

A saudade de casa desapareceu por completo, e naquele instante ele era o capitão do navio cor de canário encalhado em consequência das manobras imprudentes de marinheiros rivais, e estava tentando se lembrar de todas as coisas espertas e mordazes que dizia aos capitães de barcos a vapor quando a onda que produziam, ao passar muito próximo da margem, inundava o tapete da sala de sua casa.

O Sapo se sentou no meio da estrada poeirenta, as pernas esticadas à frente, e ficou olhando fixamente na direção para onde o automóvel desaparecera. Ele respirava com dificuldade, seu rosto exibia uma expressão plácida de satisfação, e de tempos em tempos ele murmurava fracamente:

— *Puf-puf!*

A Toupeira estava ocupada tentando acalmar o cavalo, o que conseguiu depois de um tempo. Então foi olhar a carroça, de lado na vala. Era mesmo uma cena triste. Painéis e janelas quebradas, eixos irremediavelmente tortos, uma roda caída, latas de sardinha espalhadas pelo vasto mundo, e o pássaro na gaiola soluçando dolorosamente e pedindo para ser libertado.

O Rato veio ajudá-la, mas seus esforços combinados não foram suficientes para levantar a carroça.

— Ei! Sapo! – gritaram. – Não pode vir nos dar uma mão?

O Sapo não disse uma palavra, nem se mexeu de onde estava sentado na estrada; então eles foram ver qual era o problema. Encontraram-no em uma espécie de transe, um sorriso feliz no rosto, os olhos ainda fixos na esteira de poeira deixada pelo automóvel. De vez em quando ele ainda murmurava:

— *Puf-puf!*

O Rato o chacoalhou pelos ombros.

– Você vai nos ajudar, Sapo? – exigiu, severo.

– Que visão gloriosa, emocionante! – murmurou o Sapo, sem fazer menção de se mexer. – A poesia do movimento! O VERDADEIRO jeito de viajar! O ÚNICO jeito de viajar! Aqui hoje... na semana que vem amanhã! Aldeias, vilas e cidades para trás... sempre o horizonte de outro alguém! Ah, júbilo! Ah, *puf-puf!* Minha nossa! Minha nossa!

– Ah, PARE de ser um asno, Sapo! – gritou a Toupeira, desesperada.

– E pensar que eu nunca SOUBE! – continuou o Sapo em uma voz monótona de sonho. – Todos aqueles anos desperdiçados, eu nunca soube, eu nunca nem SONHEI! Mas AGORA... agora que eu sei, agora que eu entendo perfeitamente! Ah, que caminho florido se estende à minha frente, doravante! Que nuvens de poeira surgirão ao meu encalço quando eu acelerar em meu caminho imprudente! Que carroças tombarei inconsequente em valas na esteira de meu avanço magnífico! Carroças terríveis... carroças comuns... carroças cor de canário!

– O que vamos fazer com ele? – perguntou a Toupeira ao Rato--d'Água.

– Absolutamente nada – respondeu o Rato com firmeza. – Porque não há nada a ser feito. Veja, eu o conheço desde sempre. Agora ele está possuído. Tem uma loucura nova. Vai continuar assim por alguns dias, como um animal em um sonho feliz, inútil para qualquer propósito prático. Não se incomode com ele. Vamos ver o que podemos fazer com a carroça.

Uma análise cuidadosa mostrou a eles que, mesmo que conseguissem levantá-la sozinhos, a carroça não viajaria mais. Os eixos estavam em um estado deplorável, e a roda caída estava em pedaços.

O Rato amarrou as rédeas do cavalo em suas costas e o guiou pela cabeça, levando a gaiola e seu ocupante histérico na outra mão.

– Vamos! – disse em um tom grave para a Toupeira. – São quase dez quilômetros até a cidade mais próxima, e vamos ter de caminhar até lá. Quanto antes começarmos, melhor.

– Mas e o Sapo? – perguntou a Toupeira, ansiosa, enquanto eles avançavam juntos. – Não podemos deixá-lo aqui, sentado no meio da estrada sozinho, no estado de distração em que ele está! Não é seguro. Imagine que outra Coisa apareça?

– Ah, QUE SE DANE o Sapo – disse o Rato, furioso. – Estou cansado dele!

Eles não tinham avançado muito, no entanto, quando ouviram passos vindo logo atrás, e o Sapo os alcançou e enfiou uma pata embaixo do cotovelo de cada um; ainda respirando com dificuldade e olhando para o nada.

– Escute aqui, Sapo! – disse o Rato bruscamente. – Assim que chegarmos à cidade você vai ter de ir diretamente à delegacia, e ver se eles sabem alguma coisa sobre o automóvel e a quem pertence, e apresentar queixa contra ele. E depois vai ter de procurar um ferreiro ou um carpinteiro e solicitar que busquem e consertem a carroça. Vai demorar, mas não é algo sem solução. Enquanto isso, a Toupeira e eu vamos procurar uma hospedaria com quartos confortáveis onde possamos ficar até a carroça ficar pronta, e até que nossos nervos se recuperem do choque.

– Delegacia! Queixa! – murmurou o Sapo, sonhador. – Eu, me QUEIXAR daquela bela visão paradisíaca que me foi concedida! CONSERTAR A CARROÇA! Cansei de carroças para sempre. Nunca mais quero ver a carroça ou ouvir falar dela de novo. Ah, Ratinho! Você não imagina o quanto sou grato por você ter aceitado vir nesta viagem! Eu não teria vindo sem você, e talvez nunca tivesse visto aquele... aquele cisne, aquele raio de sol, aquele relâmpago! Talvez nunca tivesse ouvido aquele som fascinante, ou sentido aquele cheiro encantador! Devo tudo a você, o melhor dos meus amigos!

O Rato deu as costas para ele, desesperado.

– Você está vendo como é? – disse à Toupeira, falando com ela por cima da cabeça do Sapo. – Ele não tem jeito. Eu desisto... Quando chegarmos à cidade vamos até a estação de trem, e com sorte talvez consigamos pegar um trem que nos leve de volta à margem do rio esta noite. E se você me pegar fazendo as vontades desse animal provocador de novo... – ele bufou e, durante o restante daquela caminhada cansativa, dirigiu seus comentários apenas à Toupeira.

Ao chegar à cidade eles foram direto até a estação e deixaram o Sapo na sala de espera da segunda classe, dando um dinheiro a um carregador para que ficasse de olho nele. Então deixaram o cavalo no estábulo de uma estalagem e deram as instruções que podiam a respeito da carroça e de seu conteúdo. Por fim, depois que um trem lento os deixou em uma estação próxima ao Salão do Sapo, eles acompanharam o Sapo enfeitiçado e sonâmbulo até sua porta, colocaram-no para dentro e instruíram a governanta a alimentá-lo, tirar a roupa dele e colocá-lo na cama. Então tiraram o barco da garagem, desceram o rio de volta para casa e, quando já era bem tarde, sentaram para jantar em sua sala aconchegante à beira do rio, para grande alegria e satisfação do Rato.

Na noite seguinte, a Toupeira, que tinha acordado tarde e passado o dia todo com muita tranquilidade, estava sentada à margem do rio pescando, quando o Rato, que tinha procurado os amigos para fofocar, veio a seu encontro:

– Soube da novidade? – perguntou. – Não se fala em mais nada, em toda a margem do rio. O Sapo foi para a Cidade de trem esta manhã. E ele encomendou um automóvel grande e muito caro.

A floresta selvagem

A Toupeira há muito queria conhecer o Texugo. Ele parecia, segundo diziam, ser um personagem tão importante e, embora raramente aparecesse, sua influência invisível era sentida por todos naquele lugar. Mas quando a Toupeira mencionava seu desejo ao Rato-d'Água, ele sempre adiava.

– Muito bem – o Rato dizia. – O Texugo vai aparecer qualquer dia desses, ele sempre aparece, e eu apresento vocês. Um grande sujeito! Mas você deve não apenas aceitá-lo COMO ele é, mas QUANDO ele aparece.

– Você não poderia convidá-lo para o jantar ou algo do tipo? – perguntou a Toupeira.

– Ele não viria – respondeu o Rato simplesmente. – O Texugo odeia a Sociedade, e convites e jantares, e todas essas coisas.

– Bom, então, e se NÓS fôssemos fazer uma visita a ELE? – sugeriu a Toupeira.

– Ah, tenho certeza de que ele não gostaria NADA disso – disse o Rato, bastante alarmado. – Ele é tão tímido que certamente se sentiria ofendido. Eu mesmo nunca me aventurei a visitá-lo, embora o conheça tão bem. Além disso, não é possível. Está fora de cogitação, porque ele vive bem no meio da Floresta Selvagem.

– Bem, ainda assim – disse a Toupeira –, você me disse que não havia nada de mais na Floresta Selvagem.

– Ah, eu sei, eu sei, e não tem – respondeu o Rato, evasivo. – Mas acho que não vamos lá agora. Não AINDA. É longe, e ele nem estaria em casa nesta época do ano mesmo, e ele vai aparecer algum dia, se você esperar tranquilamente.

A Toupeira teve de se contentar com isso. Mas o Texugo nunca aparecia, e a cada dia surgiam novos divertimentos, e só muito tempo depois de o verão ter chegado ao fim, o frio e a geada e as estradas enlameadas obrigando-os a ficar em casa a maior parte do tempo, e o rio cheio correndo na janela a uma velocidade que impedia os passeios de barco de qualquer tipo ou espécie, que ela viu seus pensamentos voltarem com muita persistência ao Texugo cinzento e solitário, que vivia sozinho, em seu buraco no meio da Floresta Selvagem.

No inverno o Rato dormia bastante, se recolhendo cedo e acordando tarde. Durante o dia curto ele às vezes rabiscava poemas ou fazia outras pequenas tarefas domésticas; e, é claro, sempre havia animais que apareciam para bater um papo, e consequentemente muitas histórias eram contadas sobre o verão passado e todos os seus acontecimentos.

Foi mesmo um momento tão rico, quando se parava para pensar! Com ilustrações tão numerosas e tão coloridas! O desfile da margem do rio seguia com firmeza, se desdobrando em cenas-quadros que se sucediam em uma procissão majestosa. A salgueirinha-roxa chegara cedo, sacudindo cachos emaranhados luxuriantes ao longo da borda do espelho onde seu próprio rosto lhe sorria de volta. A erva do salgueiro, delicada e saudosa, como uma nuvem rosa ao pôr do sol, não demorou a aparecer. O confrei, o roxo de mãos dadas com o branco, avançou para tomar seu lugar na fila; e, finalmente, certa manhã, a rosa-canina acanhada e atrasada pisou delicadamente o palco, e todos souberam, como se uma música de cordas tivesse anunciado em acordes majestosos que se espalhavam em uma gavota, que junho finalmente tinha chegado. Um membro da companhia ainda era aguardado; o menino pastor por quem as ninfas suspiram, o cavaleiro por quem as damas esperam à janela, o príncipe que beijaria a estação adormecida trazendo-a de volta à vida e ao amor.

E quando a barba-de-bode, afável e fragrante em um colete âmbar, tomou graciosa seu lugar no grupo, então a peça finalmente começou.

E que peça tinha sido! Animais sonolentos, aconchegados em seus buracos enquanto o vento e a chuva batiam à sua porta, lembravam-se das manhãs ainda penetrantes, uma hora antes do nascer do sol, quando a névoa branca, ainda não dispersa, se agarrava com força à superfície da água; então o choque do mergulho inicial, a corrida ao longo da margem e a transformação radiante da terra, do ar e da água, quando de repente o sol estava entre eles novamente, e o cinza se transformava em dourado e a cor nascia e brotava da terra mais uma vez. Eles se lembravam da sesta lânguida do meio-dia quente, mergulhados na vegetação rasteira, o sol batendo em minúsculos raios e pontos dourados; dos passeios de barco e mergulhos à tarde, passando ao longo de caminhos empoeirados e por campos de milho amarelos; e das noites longas e frescas, finalmente, quando tantas conversas se emaranhavam, tantas amizades se fortaleciam e tantas aventuras eram planejadas para o dia seguinte. Havia muito o que falar nesses dias curtos de inverno quando os animais se encontravam ao redor do fogo; mesmo assim, a Toupeira ainda tinha bastante tempo livre, então certa tarde, quando o Rato, sentado em sua poltrona diante da fogueira, alternava entre cochilar e experimentar rimas que não encaixavam, ela decidiu sair sozinha e explorar a Floresta Selvagem, e talvez conhecer o senhor Texugo.

Era uma tarde fria e tranquila com um céu de aço lá no alto, quando ela saiu do calor da sala para o ar livre. O campo estava nu e completamente sem folhas, e ela pensou que nunca tinha enxergado tão profunda e intimamente o interior das coisas como naquele dia de inverno em que a Natureza estava mergulhada em seu sono anual e parecia ter tirado a roupa. Bosques, vales, pedreiras e todos os lugares escondidos, que outrora tinham sido minas misteriosas para exploração no verão frondoso, agora se expunham e expunham seus segredos pateticamente, e pareciam pedir a ela que ignorasse sua pobreza miserável por um tempo, até que pudessem ressurgir nos ricos disfarces de antes, e enganá-la e seduzi-la com seus velhos encantos. Era lamentável, de certa forma, mas ainda assim animador – estimulante até. Ela ficou feliz por gostar do campo sem decorações, bruto e despojado de seus refinamentos. Via seus esqueletos despidos, e eram belos e fortes e simples. Não queria o trevo caloroso e a encenação da grama se multiplicando; as telas de cerca-viva, as cortinas esvoaçantes de faias e olmos a agradavam mais quando distantes; e com muita alegria ela avançou em direção à Floresta Selvagem, que se estendia à sua frente baixa e ameaçadora, como o recife selvagem de um mar do sul.

Não havia nada para assustá-la na entrada. Gravetos estalavam sob seus pés, troncos a faziam tropeçar, fungos em tocos pareciam caricaturas, e a surpreenderam por um instante por sua semelhança com algo familiar e distante; mas isso tudo era divertido, e emocionante. Aquilo a impulsionava a seguir, e ela penetrou até onde havia menos luz, e as árvores iam se agachando cada vez mais próximas, e os buracos formavam caretas feias para ela em ambos os lados do caminho.

Tudo estava muito calmo agora. O crepúsculo avançava sobre ela com firmeza e rapidez, crescendo ao seu redor; e a luz parecia ser drenada como a água de uma enchente.

Então os rostos começaram.

Foi sobre o ombro, e vagamente, que ela viu o primeiro rosto; um rostinho malvado e pontudo, olhando para ela de um buraco. Quando se virou para confrontá-lo, o rosto tinha desaparecido.

Ela apressou o passo, dizendo a si mesma, alegremente, que não começasse a imaginar coisas, ou aquilo simplesmente não teria fim. Passou por mais um buraco, e mais um, e mais um; então... sim!... não!... sim! Certamente um rostinho estreito, com olhos intensos, apareceu por um instante em um buraco, e desapareceu. Ela hesitou... reuniu as forças e seguiu em frente. Então, de repente, e como se tivesse sido assim desde sempre, cada buraco, próximo e distante, e havia centenas deles, parecia ter um rosto, indo e vindo rápido, todos fixando nela olhares de malícia e ódio: todos olhos intensos e malvados e penetrantes.

Se ela pudesse se afastar dos buracos às margens, pensou, não haveria mais rosto nenhum. E saiu da trilha e mergulhou nos lugares não pisados da floresta.

Então o assovio começou.

Muito fraco e estridente, e bem distante de sua traseira, quando ela ouviu pela primeira vez; mas de alguma forma aquilo a fez se apressar. Então, ainda bastante fraco e estridente, soou à sua frente a distância, e a fez hesitar e querer voltar. Enquanto ela hesitava indecisa, o som irrompeu de ambos os lados, e pareceu ser levado por toda a extensão da floresta até seus limites mais distantes. Estavam despertos e alertas e prontos, claramente, quem quer que fossem! E ela... ela estava sozinha, e desarmada, e distante de qualquer ajuda; e a noite fechava o cerco.

Então o tamborilar começou.

Ela pensou que fossem apenas as folhas caindo no início, tão leve e delicado era o som. Então, aumentando, assumiu um ritmo regular, e ela soube que só poderiam ser as batidas de pezinhos ainda muito distantes. Estavam à frente ou atrás dela? Primeiro pareceu ser uma das opções, depois a outra, depois ambas. O som crescia e se multiplicava, até que de toda parte, enquanto ela ouvia ansiosa, se inclinando para esta direção e depois para aquela, pareceu estar se aproximando dela. Quando ela parou para ouvir, um coelho veio correndo rápido em sua direção entre as árvores. Ela esperou, imaginando que o animal diminuiria o ritmo, ou que desviaria dela tomando um rumo diferente. Em vez disso, o animal quase bateu nela ao passar, o rosto decidido e compenetrado, os olhos fixos.

– Saia daqui, sua tola, saia! – a Toupeira o ouviu resmungar ao fazer a curva em um tronco e desaparecer em uma toca amigável.

O tamborilar aumentou até soar como granizo repentino sobre o tapete de folhas secas à sua volta. A floresta inteira parecia estar correndo agora, correndo rápido, à caça, perseguindo, fechando o cerco em alguma coisa ou... alguém? Em pânico, ela começou a correr também, sem rumo, sem saber para onde. Ela batia nas coisas, caía sobre as coisas e dentro delas, se lançava por baixo das coisas e desviava delas. Finalmente, se refugiou no buraco profundo e oco de uma velha faia, que oferecia abrigo, esconderijo – talvez até segurança, mas quem saberia dizer? De qualquer forma, estava cansada demais para continuar correndo, e só conseguiu se aninhar nas folhas secas que haviam caído no buraco e torcer para que estivesse segura por um momento. E deitada ali, ofegante e trêmula, e ouvindo os assovios e as batidas lá fora, ela conheceu, finalmente, e completamente, aquela coisa pavorosa que os demais moradores do campo e das sebes já tinham encontrado aqui, e conhecido em seus momentos mais sombrios – aquela coisa da qual o Rato tentou em vão protegê-la: o Terror da Floresta Selvagem!

Enquanto isso, o Rato, aquecido e confortável, cochilava em frente à lareira. O papel de versos inacabados tinha escorregado de seus joelhos, sua cabeça estava jogada para trás, sua boca aberta, e ele vagava pelos campos verdejantes das margens de rios oníricos. Então um carvão deslizou, o fogo estalou e lançou uma chama para cima, e ele despertou assustado. Lembrando-se daquilo de que se ocupava, pegou o papel com os versos do chão, estudou-os por um minuto e procurou pela Toupeira para perguntar se ela conhecia alguma rima boa para um ou outro verso.

Mas a Toupeira não estava ali.

Ele ouviu por um tempo. A casa parecia silenciosa.

Então chamou:

– Toupeirinha! – várias vezes.

E, sem resposta, levantou e foi até a entrada.

O chapéu da Toupeira não estava no prego de costume. Suas galochas, que sempre ficavam ao lado do porta guarda-chuvas, também tinham sumido.

O Rato saiu de casa e examinou com atenção a superfície enlameada do chão do lado de fora, esperando encontrar rastros da Toupeira. E ali estavam, claramente. As galochas eram novas, recém-compradas para o inverno, e as rugosidades nas solas eram novas e afiadas. Ele via as marcas na lama, avançando em linha reta e com propósito, levando diretamente à Floresta Selvagem.

O Rato parecia muito sério, e ficou pensando profundamente durante um ou dois minutos. Então voltou a entrar em casa, prendeu um cinto à cintura, enfiou um par de pistolas nele, pegou um porrete robusto que ficava em um canto do corredor e saiu em direção à Floresta Selvagem em ritmo acelerado.

O anoitecer já se aproximava quando ele chegou à primeira fileira de árvores e mergulhou sem hesitar na floresta, olhando ansiosamente para ambos os lados procurando por qualquer sinal da amiga. Aqui e ali rostinhos perversos saíam dos buracos, mas desapareciam imediatamente ao ver o animal valoroso, suas pistolas e o porrete feio e grande em suas patas; os assovios e o tamborilar, que ele ouviu claramente assim que entrou, foram morrendo e cessando, e tudo ficou muito quieto. Ele avançou corajoso pela floresta, até a fronteira mais distante;

então, abandonando todas as trilhas, pôs-se a atravessá-la, cobrindo laboriosamente todo o terreno, e o tempo todo chamando animado:

– Toupeirinha, Toupeirinha, Toupeirinha! Onde está você? Sou eu... o velho Rato!

Ele já tinha percorrido a floresta pacientemente durante uma hora ou mais, quando finalmente, para sua alegria, ouviu um gritinho em resposta. Guiando-se pelo som, abriu caminho pela escuridão crescente até o pé de uma velha faia, com um buraco no tronco, e do buraco vinha uma voz fraquinha que dizia:

– Ratinho! É você mesmo?

O Rato entrou no buraco, e ali encontrou a Toupeira, exausta e ainda trêmula.

– Ah, Rato – ela exclamou. – Eu estava tão assustada, você não imagina.

– Ah, eu entendo bem – disse o Rato, com a voz suave. – Você não devia ter feito isso, Toupeira. Fiz o que pude para evitar. Nós, ribeirinhos, quase nunca vimos aqui sozinhos. Se temos de vir, fazemos isso em duplas, no mínimo; então geralmente ficamos bem. Além do mais, há centenas de coisas que é preciso saber, que nós sabemos e você não, ainda. Estou falando de senhas e sinais e ditados que têm poder e consequência, e plantas que levamos no bolso, e versos que repetimos, e esquivas e truques que praticamos; tudo muito simples para quem conhece, mas que é preciso conhecer quando se é pequeno, ou se estiver em perigo. É claro que se você fosse o Texugo ou a Lontra seria outra história.

– Certamente, o bravo senhor Sapo não se importaria de vir até aqui sozinho, não é? – perguntou a Toupeira.

– O velho Sapo? – disse o Rato, rindo com vontade. – Ele nunca daria as caras aqui sozinho, nem por um chapéu cheio de moedas de ouro, não o Sapo.

A Toupeira ficou muito animada com o som da risada despreocupada do Rato, e também ao ver seu porrete e suas pistolas reluzentes, e parou de tremer e começou a se sentir mais corajosa e a voltar a si.

– Agora – logo disse o Rato –, precisamos muito ficar juntos e começar a volta para casa enquanto ainda temos um pouco de luz. Nunca é bom passar a noite aqui, sabe? Frio demais, para começar.

– Querido Ratinho – disse a pobre Toupeira –, me desculpe, mas estou simplesmente exausta, isso é um fato. Você PRECISA me deixar descansar aqui um pouco mais, para eu recuperar minhas forças, se quiser que eu volte para casa.

– Ah, tudo bem – disse o Rato bem-humorado. – Descanse. Está quase escuro como breu agora mesmo, e logo devemos ter um pouco de lua.

Então a Toupeira se aninhou bem nas folhas secas e espreguiçou, e logo caiu no sono, embora um pouco agitada e inquieta; enquanto o Rato se cobria também, o melhor que podia, para se aquecer, e esperava pacientemente, deitado, com uma pistola na pata.

Quando finalmente a Toupeira acordou, bastante revigorada e com o ânimo de sempre, o Rato disse:

– Muito bem! Vou dar uma olhada lá fora e ver se está tudo tranquilo, e temos mesmo de ir.

Ele foi até a entrada do refúgio e colocou a cabeça para fora. Então a Toupeira o ouviu dizendo suavemente para si mesmo:

– Ora, ora! Aqui vamos nós!

– O que foi, Ratinho? – perguntou a Toupeira.

– Foi a NEVE – respondeu o Rato, sucintamente. – Ou melhor, ESTÁ SENDO. Está nevando muito.

A Toupeira veio e se agachou ao lado dele e, olhando para fora, viu a floresta, que lhe era tão assustadora, com uma aparência totalmente diferente. Buracos, depressões, poças, armadilhas e outras ameaças sombrias para os viajantes desapareciam rápido, e um tapete reluzente de contos de fadas surgia por toda parte, e parecia delicado demais para ser pisado por pés brutos. Um pó fino enchia o ar e acariciava-lhes o rosto com um arrepio ao toque, e os troncos pretos das árvores se revelavam em uma luz que parecia vir de baixo.

– Muito bem, não há como evitar – disse o Rato, depois de pensar um pouco. – Precisamos partir, e tentar a sorte, imagino. O pior é que não sei exatamente onde estamos. E agora a neve faz tudo parecer tão diferente.

E fazia mesmo. A Toupeira não saberia que se tratava da mesma floresta. No entanto, eles partiram corajosos, e tomaram o caminho que parecia mais promissor, abraçados um ao outro e fingindo, com uma alegria insuperável, reconhecer uma velha amiga em cada árvore nova que os saudava grave e silenciosamente, ou ver aberturas, lacunas e trilhas com uma curva familiar, na monotonia do espaço branco e dos troncos pretos que se recusavam a variar.

Uma ou duas horas depois – tinham perdido a noção do tempo –, eles pararam, desanimados, cansados e desesperadamente perdidos, e se sentaram em um tronco caído para recuperar o fôlego e pensar no que deviam fazer. Estavam doloridos de fadiga e machucados dos tropeços; tinham caído em vários buracos e estavam inteiramente molhados; a neve estava ficando tão funda que mal conseguiam arrastar as perninhas por ela, e as árvores estavam mais espessas e parecidas umas com as outras do que nunca. Parecia não haver fim naquela floresta, nem começo, e nada de diferente dentro dela, e, pior de tudo, nenhuma saída.

– Não podemos ficar muito tempo sentados aqui – disse o Rato. – Vamos ter que fazer outra tentativa, ou fazer alguma outra coisa. O frio é terrível demais para fazer qualquer coisa, e a neve logo vai estar funda demais para que possamos atravessá-la. – Ele olhou ao redor e pensou um pouco. – Veja – continuou –, pensei o seguinte. Há uma espécie de vale aqui à nossa frente, onde o solo parece montanhoso e protuberante e acidentado. Vamos descer até lá e tentar encontrar algum tipo de abrigo, uma caverna ou buraco com piso seco, longe da neve e do vento, e lá vamos descansar bastante antes de tentar de novo, pois nós dois estamos exaustos. Além disso, a neve pode parar ou alguma solução pode aparecer.

Então mais uma vez eles se levantaram, e se esforçaram para descer até o vale, onde procuraram uma caverna ou algum cantinho que estivesse seco e uma proteção do vento forte e do redemoinho de neve. Estavam examinando uma das áreas montanhosas de que falara o Rato, quando de repente a Toupeira tropeçou e caiu de cara com um guincho.

– Ai, minha perna! – gritou. – Ai, minha pobre canela! – E se sentou na neve e acariciou as pernas com as duas patas dianteiras.

– Pobre Toupeira! – disse o Rato, gentil. – Você não parece estar com muita sorte hoje, não é mesmo? Vamos dar uma olhada na perna. Sim – ele continuou, ajoelhando-se para examinar –, você cortou a canela, com certeza. Espere eu pegar meu lenço, e vou amarrá-la para você.

– Eu devo ter tropeçado em um galho escondido ou um toco – disse a Toupeira, desolada. – Minha nossa! Minha nossa!

– É um corte limpo – disse o Rato, examinando mais uma vez com atenção. – Nunca que foi causado por um galho ou toco. Parece que foi feito pela ponta afiada de algum metal. Engraçado! – Ele pensou por um tempo, e examinou as colinas e encostas que os cercavam.

– Bem, não importa o que causou o corte – disse a Toupeira, entorpecida de dor. – Dói igual, qualquer que tenha sido a causa.

Mas o Rato, depois de amarrar-lhe a perna com cuidado com o lenço, deixou-a e se ocupou de escavar a neve. Ele raspou e cavou e explorou, as quatro pernas trabalhando ocupadas, enquanto a Toupeira esperava impaciente, comentando de vez em quando:

– Ah, VAMOS, Rato!

De repente o Rato gritou:

– Viva! – E então: – Viva! Viva! Vivaaaaa! – E começou a fazer uma dancinha na neve.

– O que FOI que você encontrou, Ratinho? – perguntou a Toupeira, ainda acariciando a perna.

– Venha ver! – disse o Rato contente, ainda dançando.

A Toupeira mancou até o local e deu uma boa olhada.

– Bem – disse finalmente, devagar. – Estou VENDO, sim. Vi o mesmo tipo de coisa antes, muitas vezes. Objeto familiar, eu diria. Um limpa-pés! Bem, e daí? Por que fazer dancinhas por causa de um limpa-pés?

– Mas você não está vendo o que ele SIGNIFICA, seu... seu animal pateta? – clamou o Rato, impaciente.

– É claro que estou vendo o que significa – respondeu a Toupeira. – Significa simplesmente que alguma pessoa MUITO desatenta deixou seu limpa-pés no meio da Floresta Selvagem, EXATAMENTE onde TODOS tropeçariam COM CERTEZA. Muito descuidada, é o que digo. Quando eu chegar em casa vou reclamar disso... com alguém, você vai ver só!

– Oh, céus! Oh, céus! – exclamou o Rato, desesperado com a obtusidade dela. – Pare de discutir e venha aqui e cave!

E ele voltou a trabalhar, fazendo a neve voar em todas as direções ao seu redor.

Depois de mais um pouco de dedicação, seus esforços foram recompensados, e um capacho bastante puído se revelou.

– Olha, o que eu disse? – exclamou o Rato, triunfante.

– Absolutamente nada – respondeu a Toupeira, com perfeita sinceridade. – Bem – continuou –, você parece ter encontrado mais um lixo doméstico, usado e jogado ora, e imagino que esteja muito feliz. Melhor ir em frente e fazer sua dancinha logo, e deixar disso, e talvez então possamos seguir em frente e não desperdiçar mais tempo com pilhas de lixo. Podemos COMER um capacho? Ou dormir sob um capacho? Ou sentar em um capacho e deslizar para casa sobre a neve, seu roedor irritante?

– Você quer dizer – exclamou o Rato animado – que este capacho não lhe DIZ nada?

– Sério, Rato – disse a Toupeira, bastante irritada. – Acho que já deu com essa loucura. Quem é que ouviu falar de um capacho que DIZ alguma coisa a alguém? Eles simplesmente não fazem isso. Não são do tipo. Capachos sabem seu lugar.

– Escute aqui, sua... sua cabeça-dura – respondeu o Rato, muito nervoso. – Isso tem que parar. Nem mais uma palavra, só cave... cave e raspe e escave e cave, principalmente nas laterais dos montes, se quiser dormir seca e quentinha esta noite, pois é nossa última chance!

O Rato atacou um banco de neve ao lado deles com vontade, sondando com seu porrete por toda parte e então cavando furiosamente; e a Toupeira também cavava com dedicação, mais para agradar ao Rato que por qualquer outro motivo, pois sua opinião era de que o amigo estava ficando meio tonto.

Depois de uns dez minutos de trabalho duro, a ponta do porrete do Rato bateu em algo que parecia oco. Ele cavou até conseguir colocar a pata dentro e sentir o que era; então chamou a Toupeira para vir ajudá-lo. Os dois animais se dedicaram à tarefa, até que o resultado de seus trabalhos se revelou completamente para a Toupeira surpresa e até então incrédula.

Na lateral do que parecia ser um banco de neve, estava uma porta de aparência sólida, pintada de verde-escuro. Uma campainha de ferro pendia ao lado e, abaixo dela, em uma pequena placa de metal, gravada com capricho em letras maiúsculas, eles leram SENHOR TEXUGO.

A Toupeira caiu de costas na neve de tanta surpresa e alegria.

– Rato! – gritou penitente. – Você é incrível! Realmente incrível, é o que você é. Estou vendo agora! Você foi montando tudo, passo a passo, nessa sua cabecinha esperta, desde o momento em que caí e cortei a canela, e você olhou para o corte e de uma vez sua mente majestosa disse a si mesma: "Limpa-pés!". Então se virou e encontrou o limpa-pés que me cortou! Você parou por aí? Não. Algumas pessoas teriam ficado satisfeitas; mas não você. Seu intelecto seguiu trabalhando. "Se eu encontrar um capacho", disse a si mesmo, "minha teoria se comprovará!". E é claro que você encontrou o capacho. Você é tão esperto, acho que conseguiria encontrar qualquer coisa que quisesses. "Agora", você diz, "essa porta existe, é como se eu pudesse vê-la. Não há mais nada a fazer a não ser encontrá-la!". Bem, eu li sobre esse tipo de coisa em livros, mas nunca tinha visto nada assim na vida real. Você precisa ir para onde será devidamente reconhecido. É um desperdício que fique aqui, entre pessoas como nós. Se eu tivesse a sua cabeça, Ratinho...

– Mas, como você não tem – interrompeu o Rato, um tanto rude –, suponho que vai ficar a noite toda sentada na neve FALANDO? Levante-se de uma vez e se agarre àquela campainha e toque, toque com força, com toda a sua força enquanto eu bato!

Enquanto o Rato atacava a porta com seu porrete, a Toupeira levantou-se de um salto em direção à campainha, se agarrou a ela e ficou balançando, os pés bem acima do chão, e bem distante eles ouviram baixinho um som grave de sino.

Senhor Texugo

ELES esperaram pacientemente durante o que pareceu um tempão, batendo os pés na neve para mantê-los aquecidos. Finalmente ouviram o barulho de passos lentos e arrastados se aproximando da porta do lado de dentro. Parecia, a Toupeira disse ao Rato, alguém andando com chinelos grandes demais e que se arrastavam no calcanhar; observação que tinha sido inteligente, porque era exatamente isso.

Eles ouviram o barulho de um ferrolho aberto, e a porta se abriu alguns centímetros, o suficiente para mostrar um focinho comprido e um par de olhos sonolentos que piscavam.

– Agora, a PRÓXIMA vez que isso acontecer – disse uma voz rouca e desconfiada – eu vou ficar muitíssimo irritado. Quem é DESTA vez, incomodando as pessoas em uma noite como esta? Fale!

– Ah, Texugo – exclamou o Rato. – Deixe-nos entrar, por favor. Sou eu, o Rato, e minha amiga Toupeira, e nos perdemos na neve.

– O quê? Ratinho, meu querido! – exclamou o Texugo, em um tom de voz bastante diferente. – Entrem, os dois, de uma vez. Ora, devem estar exaustos. Não acredito! Perdidos na neve! E na Floresta Selvagem, e a esta hora da noite! Mas entrem.

Os dois animais tropeçaram um no outro na ânsia de entrar, e ouviram a porta bater atrás deles com grande alegria e alívio.

O Texugo, que usava um roupão longo e cujos chinelos eram mesmo muito compridos no calcanhar, levava um castiçal pela pata e provavelmente estava indo para a cama quando soou o chamado. Olhou para eles com gentileza e acariciou suas cabeças.

– Não é uma boa noite para animais pequenos saírem – ele disse em tom paternal. – Imagino que estivesse em mais uma de suas pegadinhas, Ratinho. Mas venham; entrem na cozinha. Tem uma fogueira de primeira ali, e jantar e tudo.

Ele foi se arrastando na frente deles, levando a luz, e eles o seguiram, cutucando um ao outro com ansiedade, avançando por um corredor comprido, sombrio e, para falar a verdade, definitivamente puído, entrando em uma espécie de salão central; do qual enxergavam vagamente outros túneis compridos se ramificando, passagens misteriosas e que pareciam não ter fim. Mas também havia portas no salão – portas de um carvalho robusto e de aparência confortável. O Texugo abriu uma delas, e eles se viram desfrutando da luz e do calor de uma cozinha grande e com uma fogueira acesa.

O piso era de tijolos vermelhos bem gastos, e na ampla lareira queimava uma fogueira de toras, entre dois belos assentos embutidos na parede, longe de qualquer suspeita de corrente de ar. Dois bancos de madeira de espaldar alto, de frente um para o outro, cada um de um lado do fogo, ofereciam mais assentos aos socialmente dispostos. No meio do cômodo ficava uma mesa comprida de tábuas lisas sobre cavaletes, com um banco de cada lado. Em uma extremidade da mesa, onde havia uma poltrona empurrada para trás, estavam espalhadas as sobras do jantar simples, porém generoso, do Texugo. Fileiras de pratos imaculados reluziam nas prateleiras do armário no fim do cômodo, e das vigas acima pendiam presuntos, feixes de ervas secas, redes de cebolas e cestas de ovos. Parecia um lugar onde heróis poderiam comemorar com um banquete após uma vitória, onde agricultores cansados poderiam se enfileirar ao longo da mesa e seguir com seus cânticos de colheita com alegria, ou onde dois ou três amigos de gostos simples poderiam se sentar como quisessem e comer e fumar e conversar com conforto e satisfação. O piso de tijolos avermelhados sorria para o teto esfumaçado; os bancos de carvalho, reluzentes pelo uso prolongado, trocavam olhares alegres; pratos no armário sorriam para panelas nas prateleiras; e o fogo contente tremeluzia e brincava com todos sem distinção.

O gentil Texugo sentou-os em um dos bancos para que se aquecessem em frente ao fogo, e mandou que tirassem os casacos e botas molhadas. Então buscou roupões e chinelos, e lavou ele mesmo a canela da Toupeira com água morna e remendou o corte com esparadrapo até que estivesse como nova, se não melhor. Na luz e no calor envolventes, finalmente aquecidos e secos, com pernas cansadas estendidas à frente, e um tilintar sugestivo de pratos colocados à mesa atrás deles, pareceu aos animais surpreendidos pela tempestade, agora ancorados em segurança, que a Floresta Selvagem gelada e hostil porta afora estava a quilômetros e quilômetros de distância, e tudo o que tinham sofrido era um sonho já quase esquecido.

Quando, por fim, estavam completamente aquecidos, o Texugo os chamou à mesa, onde estivera ocupado servindo a refeição. Eles já estavam com bastante fome antes, mas quando finalmente viram o jantar que lhes fora servido, realmente pareceu simplesmente questão de o que atacar primeiro, já que tudo era tão atraente, e se perguntaram se as outras coisas necessariamente esperariam por eles até que tivessem tempo de lhes dar atenção. A conversa foi impossível por um bom tempo; e, quando lentamente foi retomada, era o tipo de conversa lamentável que resulta de falar com a boca cheia. O Texugo não se importava com esse tipo de coisa, e nem percebia os cotovelos sobre a mesa, ou que todos falavam ao mesmo tempo. Como não frequentava a sociedade, achava que essas coisas pertenciam ao grupo de coisas que não têm importância. (Sabemos, é claro, que ele estava enganado, e tinha uma visão muito estreita; porque elas importam bastante, embora possa tomar tempo demais explicar por quê.) Sentado na poltrona à cabeceira da mesa, ele balançava a cabeça gravemente de vez em quando enquanto os animais contavam sua história; não pareceu surpreso ou chocado com nada, e nenhuma vez disse "Eu avisei" ou "Exatamente como eu sempre disse", ou destacou que deviam ter feito isso ou aquilo, ou não ter feito outra coisa qualquer. A Toupeira começou a sentir uma amizade profunda por ele.

Quando o jantar finalmente acabou, e os dois animais se sentiam alimentados e seguros, e já não se importavam mais com nada nem ninguém, eles se reuniram ao redor das brasas reluzentes da grande fogueira, e pensaram na alegria que era estarem acordados TÃO tarde, e TÃO independentes, e TÃO satisfeitos; e depois de terem conversado por um tempo sobre assuntos em geral, o Texugo disse cordialmente:

– Muito bem! Contem as novidades do seu lado do mundo. Como está o velho Sapo?

– Ah, de mal a pior – disse o Rato em tom grave, enquanto a Toupeira, largada em um dos bancos e desfrutando do calor do fogo, os calcanhares mais altos que a cabeça, tentou parecer devidamente pesarosa. – Teve outra batida semana passada, e foi feia. Sabe, ele insiste em dirigir, e é totalmente incapaz. Se ele ao menos contratasse um animal decente, confiável e bem treinado, oferecesse um bom salário e deixasse tudo nas patas dele, daria tudo certo. Mas não; ele está convencido de que é um motorista nato e de que ninguém pode lhe ensinar nada; e assim as coisas seguem.

— Quantas já foram?

— Batidas, ou máquinas? – perguntou o Rato. – Ah, dá no mesmo, no caso do Sapo. Esta é a sétima. Quanto às outras... Sabe aquela cocheira dele? Bem, está empilhada, literalmente empilhada até o teto, com fragmentos de carros motorizados, nenhum deles maior que o seu chapéu! É onde estão as outras seis... ou o que restou delas.

— Ele esteve hospitalizado três vezes – contribuiu a Toupeira. – E as multas que teve de pagar, é terrível pensar nisso.

— Sim, e isso é parte do problema – continuou o Rato. – O Sapo é rico, todos sabemos disso; mas não é milionário. E é um péssimo motorista, e não tem consideração pela lei e pela ordem. Morto ou falido... vai ser uma dessas duas coisas, mais cedo ou mais tarde. Texugo! Nós somos amigos dele... será que não devemos fazer alguma coisa?

O Texugo pensou profundamente por um momento.

— Ouçam! – disse finalmente, em um tom bastante grave. – Vocês certamente sabem que não posso fazer nada AGORA?!

Os dois amigos assentiram, compreendendo perfeitamente. Não é esperado, segundo as regras da etiqueta dos animais, que nenhum animal faça algo extenuante ou heroico ou mesmo moderadamente ativo durante o inverno. Todos ficam sonolentos – alguns chegam mesmo a dormir. Todos ficam mais ou menos sujeitos ao tempo; e todos estão descansando de dias e noites árduos, em que cada músculo de seus corpos foi testado à exaustão e a energia estava a toda.

— Muito bem, então – seguiu o Texugo. – MAS, quando finalmente o ano virar e as noites ficarem mais curtas, e passada apenas a metade delas o corpo começar a se levantar inquieto, querendo ficar em pé e ativo ao nascer do sol, se não antes... VOCÊS sabem!

Os dois animais assentiram solenemente. ELES sabiam!

— Muito bem, então – continuou o Texugo. – Nós... quero dizer, você e eu e nossa amiga Toupeira aqui... vamos dar um jeito no Sapo. Não vamos tolerar nenhuma bobagem. Vamos trazê-lo de volta à razão, à força se for necessário. Vamos FAZER dele um Sapo sensato. Vamos... Você está dormindo, Rato!

– Eu não! – disse o Rato, despertando com um solavanco.

– Ele já dormiu duas ou três vezes desde o jantar – disse a Toupeira, rindo. Ela estava se sentindo bastante desperta e até animada, embora não soubesse por quê. O motivo era, é claro, que, sendo um animal naturalmente subterrâneo de nascimento e criação, a situação da casa do Texugo era perfeitamente adequada para ela e fazia com que se sentisse em casa; enquanto o Rato, que dormia todas as noites em um quarto com janelas que se abriam para um rio arejado, naturalmente sentia a atmosfera estática e pesada.

– Bem, é hora mesmo de estarmos todos na cama – disse o Texugo, se levantando e pegando os castiçais. – Venham, vocês dois, vou levá-los até seus quartos. E demorem o quanto quiserem amanhã... o café da manhã sai a hora que quiserem!

Ele levou os dois animais a um cômodo comprido que parecia metade quarto e metade sótão. As provisões para o inverno do Texugo, espalhadas por toda parte, ocupavam metade do cômodo – eram pilhas de maçãs, nabos e batatas, cestas cheias de castanhas e jarros de mel; mas as duas caminhas brancas no que restava do piso pareciam macias e convidativas, e a roupa de cama, embora grossa, estava limpa e cheirava a lavanda; e a Toupeira e o Rato-d'Água, tirando seus roupões em cerca de trinta segundos, caíram entre os lençóis com grande alegria e satisfação.

Seguindo as recomendações gentis do Texugo, os dois animais cansados desceram para o café bem tarde na manhã seguinte, e encontraram uma fogueira luminosa queimando na cozinha, e dois jovens ouriços sentados em um banco à mesa, comendo mingau de aveia em tigelas de madeira. Os ouriços largaram as colheres, se levantaram e baixaram a cabeça respeitosamente quando os dois entraram.

– Pronto, sentem, sentem – disse o Rato, simpático. – E comam seu mingau. De onde vocês, jovens, vieram? Se perderam na neve, imagino?

– Sim, senhor – disse o mais velho dos dois ouriços, em tom respeitoso. – Eu e o pequeno Billy aqui estávamos tentando ir para a escola... Mamãe nos OBRIGOU a ir, mesmo com esse tempo, e é claro que nos perdemos, senhor, e Billy, ele ficou assustado e pegou e chorou, pois é novo e medroso. E de repente estávamos na porta dos fundos do senhor Texugo, e reunimos a coragem para bater, senhor, pois o senhor Texugo, ele é um cavalheiro de bom coração, como todos sabem...

– Entendi – disse o Rato, cortando umas fatias de bacon enquanto a Toupeira abria uns ovos em uma frigideira. – E como está o tempo lá fora? Vocês não precisam me chamar de "senhor"... – acrescentou.

– Ah, está terrível, senhor, bastante funda está a neve – disse o ouriço. – Não será possível que os senhores saiam hoje.

– Onde está o senhor Texugo? – perguntou a Toupeira, enquanto aquecia o bule de café na fogueira.

– O mestre foi para seu escritório, senhora – respondeu o ouriço –, e disse que estava muito ocupado esta manhã, e que não devia ser incomodado por nada.

Essa explicação, é claro, foi compreendida por todos os presentes. A verdade é que, como já foi estabelecido, quando se vive uma vida de atividade intensa durante seis meses do ano, e de comparável sonolência durante os seis meses restantes, durante estes últimos não se pode continuar alegando sonolência quando há pessoas ao redor ou coisas a fazer. As desculpas ficam monótonas. Os animais sabiam bem que o Texugo, depois de um farto desjejum, tinha se recolhido ao seu escritório e se acomodado em uma poltrona com as pernas descansando sobre outra poltrona e um lenço vermelho de algodão sobre o rosto, e estava "ocupado" como era de costume nesta época do ano.

A campainha da porta da frente soou alto, e o Rato, que estava muito lambuzado por causa das torradas amanteigadas, mandou Billy, o ouriço mais novo, ver quem era. Ouviram o barulho de pés batendo vindo do corredor, e logo Billy voltou trazendo a Lontra, que se jogou sobre o Rato com um abraço e um grito de saudação afetuosa.

– Sai! – balbuciou o Rato, com a boca cheia.

– Eu sabia que o encontraria aqui – disse a Lontra animada. – Todos estavam muito alarmados ao longo da Margem do Rio quando cheguei esta manhã. O Rato passou a noite fora, e a Toupeira também; algo terrível deve ter acontecido, diziam; e a neve tinha coberto seus rastros, é claro. Mas eu sabia que quando as pessoas estão em apuros elas recorrem ao Texugo, ou o Texugo fica sabendo de alguma forma, então vim direto para cá, atravessando a Floresta Selvagem e a neve! Nossa! Estava lindo, caminhar pela neve enquanto o sol vermelho subia e se revelava contra os troncos pretos! Avançando no silêncio, de vez em quando massas de neve caíam dos galhos de repente com um *flop!*, me assustando e fazendo com que buscasse abrigo. Castelos e cavernas de neve surgiram do nada durante a noite, e pontes, alpendres e rampas de neve... Eu teria ficado e brincado na neve durante horas. Aqui e ali galhos grandiosos tinham se partido pelo simples peso da neve, e pintarroxos se empoleiravam e saltavam sobre eles à sua maneira arrogante e convencida, como se eles mesmos os tivessem derrubado. Uma fileira irregular de gansos selvagens voava lá no alto, no céu cinzento, e algumas gralhas rodopiaram sobre as árvores, analisando-as, e voltaram para casa batendo as asas com uma expressão de desgosto; mas não encontrei nenhum ser sensato para pedir notícias. Mais ou menos na metade do caminho, encontrei um coelho sentado em um toco, limpando seu rostinho tolo com as patas. Ele se assustou bastante quando me aproximei por trás e coloquei uma pata pesada sobre seu ombro. Tive de dar um ou dois tapinhas em sua cabeça para conseguir algo que fosse útil. Finalmente consegui tirar dele a informação de que a Toupeira fora vista na Floresta Selvagem na noite passada por um deles. Era o assunto do momento, segundo ele, o fato de que a Toupeira, amiga do senhor Rato, estava em péssimo estado; que ela tinha se perdido, e "Eles" estavam caçando e passaram por ela várias vezes. "Então por que não FIZERAM alguma coisa?", perguntei. "Vocês podem não ter sido abençoados com cérebros, mas há centenas de vocês, grandes e robustos, gordos como manteiga, e com tocas por toda parte, e poderiam tê-la acolhido e feito com que se sentisse segura e confortável, ou tentado ao menos." "O quê, NÓS?", ele respondeu simplesmente. "FAZER alguma coisa? Nós, coelhos?". Então eu dei mais um tapinha nele e o deixei. Não havia mais nada a ser feito. De qualquer forma, eu havia descoberto algo; e se tivesse tido a sorte de encontrar algum "Deles", teria descoberto mais... ou ELES teriam.

– Você não ficou... é... nervosa? – perguntou a Toupeira, um pouco do horror do dia anterior voltando com a menção à Floresta Selvagem.

– Nervosa? – perguntou a Lontra, mostrando uma fileira de dentes brancos brilhantes ao rir. – Eu é que os deixaria nervosos se tentassem fazer algo contra mim. Ei, Toupeira, frite umas fatias de presunto para mim, como a boa sujeita que é. Estou morrendo de fome, e tenho algumas coisas a dizer ao Ratinho aqui. Não o vejo há tempos.

Então, a boa Toupeira, depois de cortar algumas fatias de presunto, colocou os ouriços para fritá-las, e voltou a tomar seu café da manhã, enquanto a Lontra e o Rato, com as cabeças juntas, falavam ansiosamente sobre o rio, em uma conversa sem fim, que corria como as águas murmurantes.

Um prato de presunto frito tinha acabado de ser devorado e sido enviado de volta para ser reabastecido quando o Texugo entrou, bocejando e esfregando os olhos, e cumprimentou todos eles à sua maneira tranquila e simples, com perguntas gentis para cada um.

– Deve estar quase na hora do almoço – comentou com a Lontra. – Melhor parar e almoçar conosco. Você deve estar com fome, nesta manhã fria.

– É como! – respondeu a Lontra, piscando para a Toupeira. – Ver esses jovens ouriços se empanturrando de presunto frito me deixa realmente faminto.

Os ouriços, que estavam começando a ficar com fome de novo depois do mingau, e depois de terem trabalhado tanto na fritura, olharam com timidez para o senhor Texugo, timidez demais para dizer alguma coisa.

– Vamos, vocês devem voltar para casa, para a mãe de vocês – disse o Texugo com gentileza. – Vou mandar alguém acompanhá-los para mostrar-lhes o caminho. Não vão querer jantar hoje, tenho certeza.

Ele deu uma moeda para cada um e um tapinha na cabeça, e eles saíram balançando os gorros e tocando os topetes respeitosamente.

Logo todos se sentaram para almoçar juntos. A Toupeira se encontrou sentada ao lado do senhor Texugo e, como os outros dois ainda estavam mergulhados em fofocas sobre o rio, das quais nada poderia desviá-los, aproveitou a oportunidade para dizer ao Texugo o quanto tudo aquilo lhe parecia confortável e familiar.

– No subsolo – disse – sabemos exatamente onde estamos. Nada de mal pode nos acontecer, e nada pode nos atingir. Somos nossos próprios mestres, e não é preciso consultar ninguém ou se importar com o que os outros dizem. As coisas seguem como sempre lá em cima, e você deixa que sigam e não se incomoda com elas. Quando queremos, subimos, e lá estão elas, esperando por nós.

O Texugo simplesmente sorriu para ela.

– É exatamente isso o que digo – respondeu. – Não há segurança, ou paz e tranquilidade, se não for no subsolo. Além disso, se acaso tivermos vontade de expandir... ora, é só cavar e escavar, e pronto! Se sentirmos que a casa está grande demais, fechamos um ou dois buracos, e pronto de novo! Sem empreiteiros, sem comerciantes, sem observações de companheiros por sobre o muro e, acima de tudo, sem intervenção do

CLIMA. Veja o Rato, agora. Alguns metros de enchente e ele precisa se mudar para um lugar alugado, em local inconveniente, e terrivelmente caro. Veja o Sapo. Não tenho nada contra o Salão do Sapo; é a melhor casa dessas redondezas, MAS uma casa. Imagine que aconteça um incêndio... Como fica o Sapo? Imagine que os ladrilhos se levantem, ou as paredes se afundem ou rachem, ou as janelas quebrem... Como fica o Sapo? Não, lá em cima é bom para passear e ganhar a vida; mas ter o subterrâneo para voltar depois... isso é que é LAR para mim.

A Toupeira concordou com sinceridade; e como consequência o Texugo demonstrou bastante amizade por ela.

– Depois do almoço – disse –, vou mostrar a você toda esta minha casinha. Vejo que vai gostar. Você entende como deve ser a arquitetura doméstica, entende, sim.

Depois do almoço, então, quando os outros dois se acomodaram no canto da chaminé e iniciaram uma discussão acalorada sobre ENGUIAS, o Texugo acendeu uma lanterna e convidou a Toupeira a segui-lo. Atravessando o corredor, eles passaram por um dos túneis principais, e a luz oscilante da lanterna ofereceu vislumbres, em ambos os lados, de cômodos grandes e pequenos, alguns meros armários, outros quase tão amplos e imponentes quanto o salão de jantar do Sapo. Uma passagem estreita em ângulos retos levou-os a outro corredor, e aqui a mesma coisa se repetiu. A Toupeira ficou pasma com o tamanho, a extensão, as ramificações de tudo; ao longo das passagens escuras, as sólidas estruturas abobadadas dos depósitos apinhados, a alvenaria por toda parte, os pilares, os arcos, os pavimentos.

– Como foi, Texugo – ela finalmente disse –, que você encontrou tempo e força para fazer isso tudo? É impressionante!

– Seria MESMO impressionante – respondeu o Texugo simplesmente – se eu TIVESSE feito. Mas na verdade eu não fiz nada disso... Apenas limpei as passagens e os cômodos, conforme precisava deles. Há muito mais, em todo o entorno. Vejo que você não está entendendo, e devo explicar. Bem, há muito tempo, no lugar onde a Floresta Selvagem agora tremula, antes mesmo de ela ter se plantado e crescido até seu tamanho atual, havia uma cidade, uma cidade de pessoas, entende? Aqui, onde estamos, elas viviam, e caminhavam, e conversavam, e dormiam, e seguiam com suas vidas. Aqui elas criavam seus cavalos e faziam banquetes, daqui cavalgavam para lutar ou partiam para fazer comércio. Eram pessoas poderosas, e ricas, e grandes construtores. Construíram para durar, pois achavam que sua cidade duraria para sempre.

– Mas o que aconteceu com elas? – perguntou a Toupeira.

– Quem é que sabe? – respondeu o Texugo. – As pessoas vêm... ficam por um tempo, florescem, constroem... e se vão. É o jeito delas. Mas nós ficamos. Havia texugos aqui, me disseram, muito antes de essa mesma cidade existir. E agora há texugos aqui de novo. Somos um grupo persistente, e podemos ir embora por um tempo, mas esperamos, e somos pacientes, e voltamos. E assim será para sempre.

– Bem, e quando elas finalmente se foram, essas pessoas? – disse a Toupeira.

– Quando elas se foram – continuou o Texugo –, os ventos fortes e as chuvas persistentes começaram a agir, pacientemente, incessantemente, ano após ano. Talvez nós, texugos, também, ainda que aos pouquinhos, tenhamos ajudado, quem sabe? Tudo foi afundando e afundando gradualmente, ruína e soterramento e desaparecimento. E depois tudo foi subindo gradualmente, conforme as sementes se transformavam em mudas e as mudas em florestas e as amoreiras e samambaias ajudavam sorrateiramente. O adubo de folhas cresceu e se extinguiu, os riachos em épocas de cheia trouxeram areia e solo para entupir e cobrir, e com o tempo nosso lar estava pronto para nós novamente, e nos mudamos. Lá em cima, na superfície, a mesma coisa aconteceu. Os animais vieram, gostaram da aparência do lugar, ocuparam suas áreas, se estabeleceram, se espalharam e floresceram. Eles não se preocuparam com o passado, nunca se preocupam; estão ocupados demais. O lugar era um pouco acidentado e irregular, naturalmente, e cheio de buracos; mas isso era uma vantagem. E eles não se preocupam com o futuro, também, o futuro em que talvez as pessoas voltem, por um tempo, como pode muito bem acontecer. A Floresta Selvagem é bastante povoada agora; com os tipos de sempre, bons, maus e indiferentes... não cito nomes. São necessários todos os tipos para constituir um mundo. Mas imagino que você já os conheça um pouco a essa altura.

– Conheço, sim – disse a Toupeira, com um ligeiro arrepio.

– Bom – disse o Texugo, dando-lhe um tapinha no ombro –, foi sua primeira experiência com eles. Não são tão maus assim; e precisamos todos viver e deixar viver. Mas vou dar o aviso amanhã, e acho que vocês não terão mais problemas. Qualquer amigo MEU anda onde quiser nestas terras, ou eu vou ficar sabendo!

Quando voltaram para a cozinha, encontraram o Rato caminhando de um lado para o outro, bastante inquieto. A atmosfera subterrânea pesava sobre ele e o deixava nervoso, e ele parecia até estar com medo de que o rio fugisse se não estivesse lá para cuidar dele. Então já tinha vestido o casaco e colocado as pistolas no cinto novamente.

– Vamos, Toupeira – disse, ansioso, assim que viu os dois. – Precisamos partir enquanto ainda é dia. Não quero passar mais uma noite na Floresta Selvagem.

– Vai ficar tudo bem, meu caro amigo – disse a Lontra. – Eu vou com vocês, e conheço todos os caminhos de olhos vendados; e se alguma cabeça precisar ser socada, pode confiar em mim para socá-la.

– Não precisa mesmo se preocupar, Ratinho – acrescentou o Texugo, calmamente. – Meus corredores vão mais longe do que imagina, e tenho saídas nos limites da floresta em várias direções, embora eu não goste que as pessoas saibam sobre elas. Quando tiverem mesmo que ir, vocês vão por um de meus atalhos. Enquanto isso, se acalme, e volte a se sentar.

O Rato, entretanto, continuava ansioso para partir e cuidar de seu rio, então o Texugo, pegando novamente a lanterna, guiou o caminho ao longo dos túneis úmidos e sem ar que serpenteavam e mergulhavam, em parte abobadados, em parte talhados em rocha sólida, uma distância cansativa que parecia ser de quilômetros. Finalmente a luz do dia começou a aparecer através de uma vegetação emaranhada que pendia da abertura da passagem; e o Texugo, com uma despedida apressada, logo os empurrou pela abertura, fez com que tudo voltasse a parecer o mais natural possível, com trepadeiras, galhos e folhas secas, e retornou.

Eles estavam no limite da Floresta Selvagem. Rochas e arbustos e raízes de árvores ficavam para trás, amontoadas e emaranhadas; à sua frente, um espaço amplo de campos tranquilos, cercados por sebes pretas em contraste com a neve, e, a distância, um lampejo do velho rio familiar, e o sol de inverno pendendo vermelho e baixo no horizonte. A Lontra, conhecendo todos os caminhos, assumiu o comando do grupo, e eles seguiram por um atalho até um acesso distante. Parando ali um momento e olhando para trás, viram a grande massa da Floresta Selvagem, densa, ameaçadora, compacta, sombria, cercada por vastos arredores brancos; viraram-se simultaneamente e se dirigiram para casa, para a luz do fogo e as coisas familiares sobre as quais ela brincava, para a voz, alegre do outro lado de sua janela, do rio que conheciam e em que confiavam independente de seus humores, que nunca os amedrontava com qualquer espanto.

Ao se apressar, ansiosa pelo momento em que estaria mais uma vez em casa entre as coisas que conhecia e de que gostava, a Toupeira viu claramente que era um animal do campo lavrado e da sebe, ligada ao sulco do arado, ao pasto frequente, às rotas de entardecer prolongado, aos jardins cultivados. Para outros, as asperezas, a resistência teimosa ou o choque do conflito real que vinham com a Natureza bruta; ela devia ser sábia, devia permanecer nos lugares agradáveis que o destino lhe guardara e que continham aventura suficiente, à sua maneira, para uma vida inteira.

Dulce domum

As ovelhas corriam se amontoando contra as cercas, soprando por narinas estreitas e batendo as patas dianteiras delicadas, a cabeça jogada para trás e um vapor leve subindo de seu curral em direção ao ar gelado, enquanto os dois animais avançavam apressados e alegres, entre muitas conversas e risadas. Estavam voltando pelo campo depois de um dia longo com a Lontra, caçando e explorando os vastos planaltos onde certos riachos afluentes do Rio deles começavam pequeninos; e as sombras do dia curto de inverno se encerravam sobre eles, e eles ainda tinham um longo caminho a percorrer. Arrastando-se aleatoriamente pelo campo arado, eles tinham ouvido as ovelhas e ido em sua direção; e agora, saindo do curral das ovelhas, encontraram uma trilha batida que fazia com que a caminhada fosse mais leve, e além disso respondia àquela pequena indagação que todos os animais carregam dentro de si, dizendo, claramente: "Sim, claro que sim; ESTE caminho leva ao lar!".

– Parece que estamos nos aproximando de uma aldeia – disse a Toupeira, ligeiramente desconfiada, abrandando o passo, uma vez que o caminho, que com o tempo havia se tornado uma trilha, e depois se desenvolvido em uma pista, agora os deixava ao comando de uma estrada bem revestida. Os animais não se davam bem em aldeias, e suas próprias estradas, por mais cheias que fossem, tomavam um rumo independente, sem considerar a igreja, o correio ou a taverna.

– Ah, não se preocupe! – disse o Rato. – Nesta época do ano eles estão todos seguros dentro de casa a esta hora, sentados ao redor do fogo; homens, mulheres e crianças, cães e gatos e tudo. Vamos passar tranquilamente, sem qualquer preocupação ou incômodo, e poderemos observá-los pelas janelas se quiser, e ver o que estão fazendo.

O rápido cair da noite de meados de dezembro já tinha avançado sobre a pequena aldeia quando eles se aproximaram com passadas leves sobre uma primeira camada de neve fina. Não se via muito mais que quadrados vermelho-alaranjados de ambos os lados da rua, onde a luz do fogo ou da lamparina de cada casinha transbordava das janelas para o mundo escuro lá fora. A maioria das janelas baixas de treliça não tinha cortinas, e, para os espectadores do lado de fora, cada um dos habitantes, reunidos ao redor da mesa de chá, absortos no trabalho manual ou conversando com risadas e gestos, tinha a elegância alegre que é a última coisa que o ator habilidoso captura – a elegância natural que acompanha a perfeita ignorância de estar sendo observado. Avançando segundo sua vontade de um teatro ao outro, os dois espectadores, eles mesmos tão distantes de casa, tinham algo de melancólico no olhar ao ver um gato ser acariciado, uma criança sonolenta ser levada para a cama, ou um homem cansado se espreguiçar e apagar o cachimbo na ponta de um pequeno tronco ardente.

Mas foi de uma janelinha cujas cortinas estavam fechadas, mera transparência escura da noite, que a sensação de lar e de mundo acortinado entre paredes – o mundo maior e estressante da Natureza lá fora esquecido – pulsou mais. Perto da cortina branca pendia uma gaiola, claramente delineada, cada arame, poleiro e acessório distinto e reconhecível, até mesmo o torrão de açúcar já gasto de ontem. No poleiro central, o ocupante fofinho, a cabeça enfiada nas penas, parecia estar tão perto a ponto de poder ser facilmente acariciado, se eles tentassem; até mesmo as pontas delicadas de sua plumagem rechonchuda se desenhavam claramente sobre a tela iluminada. Enquanto eles observavam, o rapazinho sonolento se agitou, acordou, se remexeu e ergueu a cabeça. Eles viram a abertura de seu biquinho quando ele bocejou entediado, e voltou a acomodar a cabeça, enquanto as penas eriçadas aos poucos se acalmavam até ficarem perfeitamente imóveis. Então uma rajada de vento forte atingiu-lhes a nuca, uma pequena picada de granizo na pele despertou-os como de um sonho, e eles perceberam que seus dedos estavam gelados e suas pernas cansadas, e sua casa muito distante.

Tendo passado a aldeia, onde as casinhas subitamente cessavam, de ambos os lados da estrada eles voltaram a sentir o aroma dos campos amigáveis na escuridão; e se prepararam para o último trecho comprido, o trecho que sabemos que terminará, em algum momento, no barulho da maçaneta da porta, na fogueira repentina e na visão das coisas familiares nos saudando como viajantes há muito ausentes vindos do outro lado do mar. Eles seguiram firmes e em silêncio, cada um entregue aos próprios pensamentos. Os da Toupeira se concentravam principalmente no jantar, pois a noite era escura como breu, e aquela era uma terra estranha para ela, e ela seguia obediente o encalço do Rato, deixando a direção inteiramente em suas mãos. Quanto ao Rato, ele caminhava um pouco adiante, como era de costume, os ombros arqueados, os olhos fixos na estrada cinzenta à sua frente; então não percebeu quando de repente a Toupeira foi chamada, e levada como por um choque elétrico.

Nós, que há muito perdemos os sentidos físicos mais sutis, não temos os termos adequados para expressar as intercomunicações de um animal com seu entorno, vivo ou não, e temos apenas a palavra "cheirar", por exemplo, para exprimir toda uma variedade de sensações delicadas que murmuram no nariz do animal noite e dia, convocando, avisando, repelindo. Foi um desses chamados encantados do vazio que de repente alcançou a Toupeira na escuridão, fazendo-a vibrar por completo com seu apelo familiar, ainda que ela não se lembrasse claramente de que se tratava. Ela parou de repente, o nariz farejando aqui e ali em um esforço de recapturar o filamento fino, a corrente telegráfica que a comovera tão profundamente. Um instante, e ela sentiu de novo; e desta vez a lembrança voltou completamente.

Lar! Era isso o que significavam aqueles apelos carinhosos, aqueles toques macios flutuando pelo ar, aquelas mãozinhas invisíveis puxando e cutucando, todos na mesma direção! Ora, devia estar muito próximo naquele momento, o velho lar que ela logo esquecera e nunca mais buscara, naquele dia em que viu o rio pela primeira vez! E agora enviava suas sentinelas e seus mensageiros para capturá-lo e trazê-lo de volta. Desde sua fuga naquela manhã luminosa, ela mal havia pensado no lar, tão absorta em sua nova vida, em todos os seus prazeres, suas surpresas, suas experiências novas e cativantes. Agora, com a onda de velhas memórias, o lar se erguia claramente à sua frente, na escuridão! Precário, sim, e pequeno e mal mobiliado, mas seu, o lar que ela montara para si mesma, o lar ao qual voltava tão feliz após um dia de trabalho. E o lar também era feliz com ela, obviamente, e sentia sua falta, e queria que ela voltasse, e estava dizendo isso, por meio do nariz dela, com tristeza, repreensão, mas sem amargura ou raiva, apenas um lembrete queixoso de que estava lá, e a queria.

O chamado foi claro, e a convocação, direta. Ela devia obedecer imediatamente, e partir.

– Ratinho! – chamou, cheia de uma emoção alegre. – Espere! Volte! Preciso de você, rápido!

– Ah, VAMOS, Toupeira, vamos! – respondeu o Rato animado, avançando lentamente.

— POR FAVOR, pare, Ratinho! — implorou a pobre Toupeira, com angústia no coração. — Você não entende! É meu lar, meu velho lar! Acabei de sentir o cheiro dele, e fica perto daqui, muito perto. E eu PRECISO ir até lá, preciso, preciso! Ah, volte, Ratinho! Por favor, por favor, volte!

O Rato a essa altura já estava bem à frente, longe demais para ouvir claramente o que a Toupeira gritava, longe demais para perceber a nota aguda de apelo doloroso em sua voz. E estava muito preocupado com o tempo, pois ele também sentia o cheiro de algo — algo muito parecido com a neve se aproximando.

— Toupeira, não podemos parar agora, mesmo! — ele gritou de volta. — Voltamos amanhã para ver o que quer que você tenha encontrado. Mas não me atrevo a parar agora, está tarde, e a neve está voltando a cair, e não tenho certeza do caminho! E quero seu nariz, Toupeira, então venha logo, boa amiga!

E o Rato seguiu em frente sem esperar uma resposta.

A pobre Toupeira ficou sozinha na estrada, com o coração despedaçado e um soluço enorme se formando em algum lugar no fundo de seu ser, que saltaria até a superfície logo, ela sabia, em uma fuga apaixonada. Mas mesmo diante de um teste como esse sua lealdade ao amigo permaneceu firme. Em nenhum momento ela sequer sonhou abandoná-lo. Enquanto isso, os sopros de seu velho lar imploravam, sussurravam, conjuravam, e finalmente gritaram por ela, imperiosos. Ela não ousou permanecer mais tempo dentro de seu círculo mágico. Com um movimento que partiu as cordas de seu coração, ela voltou o rosto para a estrada e seguiu submissa o rastro do Rato, enquanto cheiros leves e vagos, que ainda perseguiam seu nariz, a censuravam por sua nova amizade e seu esquecimento impiedoso.

Com esforço ela alcançou o Rato desavisado, que começou a tagarelar alegremente sobre o que eles fariam ao chegar, e como seria gostoso fazer uma fogueira na sala, e o belo jantar que pretendia comer; sem perceber o silêncio e a angústia da amiga. Finalmente, no entanto, quando já tinham avançado consideravelmente, e estavam passando por uns tocos de árvore à beira de um bosque que margeava a estrada, ele parou e disse, gentilmente:

– Escute, Toupeira, minha velha amiga, você parece exausta. Não restou nenhuma conversa em você, e seus pés se arrastam feito chumbo. Vamos nos sentar aqui uns minutos e descansar. A neve caiu pouco até agora, e a maior parte de nossa jornada já passou.

A Toupeira desabou desesperada em um toco de árvore e tentou se controlar, pois sentia que certamente estava vindo. O soluço contra o qual vinha lutando durante tanto tempo se recusava a ser derrotado. Subindo e subindo, abriu caminho até o ar livre, e depois outro, e outro, e outros densos e rápidos; até que a pobre Toupeira finalmente desistiu de lutar, e chorou livre, impotente e abertamente, agora que sabia que tinha acabado e ela tinha perdido, se é que podia dizer que tivesse encontrado.

O Rato, espantado e consternado com a violência da convulsão de mágoa da Toupeira, não se atreveu a falar por um tempo. Finalmente ele disse, bem baixinho e em tom de compreensão:

– O que foi, velha amiga? Qual é o problema? Conte o que lhe aflige, e verei o que posso fazer.

A pobre Toupeira teve dificuldade de pronunciar qualquer palavra entre as reviravoltas de seu peito que vinham ligeiras uma depois da outra e continham sua fala, sufocando-a quando ela tentava sair.

– Eu sei que é um... lugarzinho pobre e sombrio – ela soluçou por fim, aos trancos –, em nada parecido com... seus aposentos confortáveis... ou o belo Salão do Sapo... ou a ótima casa do Texugo... mas era minha casinha... e eu gostava dela... e fui embora e me esqueci dela... e de repente senti seu cheiro... na estrada, quando chamei e você não ouviu, Rato... e tudo me voltou de uma vez... e eu QUIS! Ah, senhor, Ah, senhor! E quando você NÃO QUIS voltar, Ratinho, e eu tive de deixá-la, embora sentisse seu cheiro por todo o caminho, pensei que meu coração fosse se partir... Poderíamos ter ido só dar uma olhadinha nela, Ratinho... só uma olhadinha... era perto... mas você não quis voltar, Ratinho, você não quis voltar! Minha nossa! Minha nossa!

A recordação trouxe novas ondas de tristeza, e os soluços mais uma vez tomaram conta dela, impedindo que continuasse falando.

O Rato olhava fixamente à frente, sem dizer nada, apenas dando batidinhas gentis no ombro da Toupeira. Depois de um tempo, murmurou melancólico:

– Agora entendo tudo! Que PORCO eu fui! Um porco... esse sou eu! Não passo de um porco... um porco!

Ele esperou até que os soluços da Toupeira se tornassem gradualmente menos tempestuosos e mais ritmados; esperou até as fungadas finalmente assumirem uma frequência regular e os soluços ficarem intervalados. Então ele se levantou e observou com naturalidade:

– Bem, agora temos mesmo que seguir, velha amiga!

E tomou a estrada, voltando pelo caminho árduo que tinham percorrido.

– Para onde você (*hic*) está indo (*hic*), Ratinho? – clamou a Toupeira chorosa, levantando alarmada a cabeça.

– Vamos encontrar sua casa, velha amiga – respondeu o Rato com simpatia. – É melhor você vir logo, pois vamos precisar procurar, e para isso precisamos do seu nariz.

– Ah, volte, Ratinho, volte! – clamou a Toupeira, se levantando e correndo atrás dele. – Não adianta, estou dizendo! Está muito tarde, e muito escuro, e o lugar fica muito longe, e a neve está chegando! E... eu nem queria que você soubesse que eu estava me sentindo assim... Foi tudo um acidente e um engano! E pense na Margem do Rio, e no seu jantar!

– A Margem do Rio pode esperar, e o jantar também! – disse o Rato com entusiasmo. – Estou dizendo, eu vou encontrar esse lugar agora, nem que demore a noite toda. Então, ânimo, velha amiga, e pegue meu braço, e logo, logo estaremos lá de novo.

Ainda fungando, suplicante e relutante, a Toupeira deixou-se arrastar de volta pela estrada por seu companheiro imperioso, que, por meio de um fluxo de conversas e anedotas alegres, se esforçava para animá-la e fazer o caminho cansativo parecer mais curto. Quando finalmente pareceu ao Rato que eles estavam se aproximando da parte da estrada onde a Toupeira fora "detida", ele disse:

– Agora, chega de conversa. Ação! Use seu nariz, e com dedicação.

Eles seguiram em silêncio por algum tempo, quando de repente o Rato percebeu, por meio de seu braço, que estava enlaçado com o da Toupeira, uma espécie de arrepio elétrico leve passando pelo corpo daquele animal. Imediatamente ele soltou o braço dela, deu um passo atrás e esperou, com toda a atenção.

Os sinais estavam vindo!

A Toupeira ficou estática por um instante, enquanto seu nariz em pé, ligeiramente trêmulo, sentia o ar.

Então uma corridinha rápida e curta para a frente – uma parada – uma verificação – uma menção de recuo; depois um avanço lento, firme e confiante.

O Rato, muito animado, ficou no encalço da Toupeira enquanto ela, com ares que lembravam uma sonâmbula, atravessou uma vala seca, passou através de uma sebe e seguiu farejando por um campo aberto e sem rastros e descampado sob a tênue luz das estrelas.

De repente, sem aviso, ela mergulhou; mas o Rato estava alerta, e prontamente a seguiu pelo túnel ao qual seu nariz infalível a havia guiado fielmente.

Era apertado e abafado, e o cheiro de terra era forte, e ao Rato pareceu passar bastante tempo antes que a passagem terminasse e ele pudesse ficar ereto e se esticar e se sacudir. A Toupeira acendeu um fósforo, e àquela luz o Rato viu que eles estavam em um espaço aberto, de piso bem varrido e lixado, e diretamente à sua frente estava a portinha da casa da Toupeira, com "Ponta da Toupeira" pintado, em letras góticas, sobre a campainha ao lado.

A Toupeira alcançou uma lanterna pendurada em um prego na parede e a acendeu... e o Rato, olhando ao redor, viu que eles estavam em uma espécie de pátio de entrada. Um banco de jardim ficava de um lado da porta, e do outro um rolo compressor; pois a Toupeira, que era um animal que gostava da casa impecável, não suportava ter seu solo revirado por outros animais em pequenas corridas que terminavam em montes de terra. Das paredes pendiam cestos de arame com samambaias, que se alternavam com suportes que sustentavam estátuas de gesso – Garibaldi, e o infante Samuel, e a rainha Vitória, e outros heróis da Itália moderna. Em um dos lados do pátio havia uma pista de boliche na grama, com bancos nas laterais e mesinhas de madeira marcadas com círculos que sugeriam canecas de cerveja. No meio havia um pequeno lago com peixinhos dourados e borda de conchas de berbigão. Do centro do lago subia uma estrutura excêntrica revestida de mais conchas de berbigão e com uma grande bola de vidro prateada no topo que refletia o entorno todo desfigurado e tinha um efeito agradável.

O rosto da Toupeira se iluminou ao ver todos esses objetos que lhe eram tão caros, e ela apressou o Rato porta adentro, acendeu uma lamparina no corredor e deu uma olhada em seu velho lar. Viu a poeira grossa sobre tudo, a aparência desolada e deserta da casa que passara tanto tempo abandonada, e suas dimensões estreitas e minguadas, seus objetos gastos e surrados – e desabou novamente sobre uma cadeira, com o nariz escondido nas patas.

– Ah, Ratinho! – clamou com tristeza. – Por que foi que eu fiz isso? Por que eu trouxe você até este pobre lugarzinho gelado, em uma noite como esta, quando você poderia estar na Margem do Rio a uma hora dessas, aquecendo os pés diante de uma fogueira ardente, rodeado por todas as suas coisas bonitas!

O Rato não deu atenção àquela autorreprovação dolorosa. Estava correndo para lá e para cá, abrindo portas, inspecionando cômodos e armários e acendendo lamparinas e velas e distribuindo-as por toda parte.

– Que casinha maravilhosa! – exclamou alegre. – Tão compacta! Tão bem planejada! Tudo aqui e tudo em seu lugar! Vamos ter uma noite divertida. A primeira coisa que queremos é uma boa fogueira; vou providenciar, sempre sei onde encontrar as coisas. Então, esta é a sala? Esplêndida! Aqueles beliches na parede foram ideia sua? Que maravilha! Agora, eu vou pegar madeira e carvão, e você pega um espanador, Toupeira, deve encontrar um na gaveta da mesa da cozinha, e tente limpar um pouco as coisas. Vamos, velha amiga!

Incentivada pelo companheiro inspirador, a Toupeira se levantou e tirou o pó e limpou com energia e animação, enquanto o Rato, correndo para lá e para cá com os combustíveis, logo acendeu uma fogueira alegre que rugia pela chaminé. Ele chamou a amiga para que viesse se aquecer; mas a Toupeira logo teve mais um ataque de tristeza, desabando em um sofá em desespero e enterrando o rosto no espanador.

– Rato – resmungou –, e o seu jantar, pobre animal com frio, com fome e cansado? Não tenho nada para oferecer... nada... nem uma migalha!

– Como você pode desistir assim? – disse o Rato em tom de censura. – Ora, agora há pouco vi um abridor de sardinha na cômoda da cozinha, claramente; e todo mundo sabe que isso significa que há sardinhas em algum lugar. Levante! Se recomponha e venha comigo procurar.

Eles foram e procuraram, vasculhando cada armário e revirando cada gaveta. O resultado não foi assim tão deprimente afinal, embora pudesse ter sido melhor, é claro; uma lata de sardinhas, uma caixa de biscoitos, quase cheia, e uma salsinha alemã envolta em papel prateado.

– Eis um banquete! – observou o Rato, enquanto arrumava a mesa. – Sei que alguns animais dariam a orelha para se sentar e jantar conosco esta noite!

– Não tem pão! – resmungou a Toupeira penosamente. – Não tem manteiga, não tem...

– Não tem patê de foie gras, não tem champanhe! – continuou o Rato, sorrindo. – O que me lembra... o que é aquela portinha no final do corredor? Sua adega, é claro! Cada luxo nesta casa! Espere só um minuto.

Ele foi até a porta da adega, e logo voltou, um pouco empoeirado, com uma garrafa de cerveja em cada pata e outra embaixo de cada braço.

– Você parece mesmo não se privar de nada, Toupeira – o Rato comentou. – Este é realmente o cantinho mais alegre em que já estive. Agora, onde foi que você conseguiu essas gravuras? Deixam o lugar tão aconchegante. Não admira que você goste tanto daqui, Toupeira. Conte tudo, tudo o que fez para deixá-lo assim.

Então, enquanto o Rato pegava os pratos, facas e garfos, e mostarda, que misturou em um suporte de ovo, a Toupeira, com o peito ainda arfando do estresse das emoções recentes, relatou – com alguma timidez no início, mas com mais liberdade conforme ia mergulhando no assunto – como isso foi planejado, e como aquilo foi pensado, isso aqui foi uma herança inesperada de uma tia, e aquilo ali foi um achado maravilhoso, e esta outra coisa aqui foi comprada com suas economias após um período de certa "escassez". Por fim, com o ânimo restaurado, ela teve de se levantar e acariciar seus pertences, e pegou uma lamparina e mostrou-os ao visitante e discorreu sobre eles, esquecendo o jantar de que ambos precisavam tanto; o Rato, que estava desesperadamente faminto, mas se esforçou para esconder, assentia com seriedade, analisando com as sobrancelhas franzidas e dizendo "maravilha" e "impressionante" de vez em quando, sempre que tinha a oportunidade de fazer uma observação.

Finalmente o Rato conseguiu atraí-la para a mesa, e tinha acabado de pegar o abridor de sardinha quando ouviram sons vindos do pátio lá fora – sons que pareciam o arrastar de pezinhos no cascalho e um murmúrio confuso de vozes baixinhas, com trechos de frases chegando até eles.

– Agora, todos em fila... Levante um pouco a lanterna, Tommy... Limpem a garganta primeiro... Nada de tossir depois que eu disser um, dois, três... Onde está o jovem Bill? Aqui, vamos, estamos todos esperando...

– O que é isso? – perguntou o Rato, fazendo uma pausa em sua tarefa.

– Acho que devem ser os ratos-do-campo – respondeu a Toupeira, algo orgulhosa. – Eles andam por aí entoando canções de Natal nesta época do ano. É uma tradição e tanto por estas bandas. E nunca se esquecem de passar aqui... Eles deixam a Ponta da Toupeira por último; e eu lhes oferecia bebidas quentes, e jantar às vezes, quando podia. Vai ser como nos velhos tempos ouvi-los novamente.

– Vamos dar uma olhada! – clamou o Rato, levantando-se de um salto e correndo até a porta.

Uma bela cena, e festiva, brindou seus olhos quando eles abriram a porta. No pátio, iluminado pelos raios suaves de uma lamparina, cerca de oito ou dez ratos-do-campo formavam um semicírculo, com cachecol de lã vermelha no pescoço, as patas dianteiras enfiadas nos bolsos, os pés dançando para se aquecer. Com olhos redondos e brilhantes, eles se entreolhavam com timidez, rindo levemente, fungando e esfregando bem os braços. Quando a porta se abriu, um dos mais velhos, que levava a lanterna, disse:

– Agora, um, dois, três!

E suas vozes estridentes se lançaram no ar, cantando uma das canções antigas que seus antepassados haviam composto em campos não cultivados e cobertos de gelo, ou quando nevava e ficavam ao redor do fogo, e passavam adiante para que fossem cantadas nas ruas lamacentas iluminadas por lamparinas na época do Natal.

Kenneth Grahame

CANÇÃO DE NATAL

Que todos nesta noite fria,
Abram as portas com euforia,
Encarem a neve que contagia,
Ao redor da fogueira ao fim do dia;
E a alegria ao amanhecer!

Aqui estamos ainda que neve,
Batendo os pés bem de leve,
Vindos de longe, partimos em breve...
Com este verso que descreve...
A alegria ao amanhecer!

Eis que nesta noite que passou
Uma estrela nos guiou,
Bênçãos ela nos lançou
E sem demora professou,
Alegria ao amanhecer!

O bom José para o alto olhava
Viu a estrela que brilhava;
Maria já não aguentava
Mas bendizente ela avistava
Sua alegria ao amanhecer!

E ouviram anjos a cantar
"Quem foi o primeiro a chorar?"
Todos os bichos a escutar,
No estábulo a espiar!
A alegria ao amanhecer!

As vozes cessaram, os cantores, tímidos mas sorridentes, trocaram olhares, e o silêncio caiu sobre eles... mas só por um instante. Então, lá de cima e de longe, descendo pelo túnel que haviam percorrido, chegou a seus ouvidos como um leve zumbido o som de sinos distantes tocando um repique alegre e estridente.

– Muito bonito, rapazes! – exclamou o Rato com entusiasmo. – E agora entrem, todos vocês, e se aqueçam em frente ao fogo e bebam algo quente!

– Sim, venham, ratos-do-campo – exclamou a Toupeira, ávida. – É como nos velhos tempos! Fechem a porta. Puxem aquele banco para perto do fogo. Agora, esperem só um minuto enquanto nós... Ah, Ratinho! – ela gritou desesperada, desabando em uma cadeira, prestes a cair no choro. – O que estamos fazendo? Não temos nada para oferecer a eles!

– Deixe comigo – disse o Rato engenhoso. – Aqui, você, com a lanterna! Venha até aqui. Quero falar com você. Agora, me diga, há alguma loja aberta a esta hora da noite?

– Ora, é claro, senhor – respondeu o rato-do-campo, respeitoso. – Nesta época do ano nossas lojas ficam abertas todas as horas.

– Então preste atenção! – disse o Rato. – Vá agora, você e sua lanterna, e compre...

Aqui se seguiu muita conversa sussurrada, e a Toupeira só ouvia pedacinhos dela, como "Fresco, por favor!... não, um quilo disso é suficiente... mas compre desta marca, não aceito outra... não, só o melhor... se não tiver lá, tente em outro lugar... sim, é claro, caseiro, nada de enlatado... muito bem, então, faça o melhor que puder!". Finalmente, com um tilintar de moedas passando de uma pata à outra, o rato-do-campo recebeu uma cesta grande para as compras, e saiu apressado, ele e a lanterna.

Os outros ratos-do-campo, empoleirados em uma fileira sobre o banco, as pernas curtas balançando, entregaram-se ao prazer da fogueira e aqueceram os pés até formigarem; enquanto a Toupeira, sem conseguir envolvê-los em uma conversa leve, mergulhou nos históricos familiares e fez cada um deles recitar o nome dos inúmeros irmãos, que eram jovens demais, pelo que parecia, para sair cantarolando este ano, mas estavam ansiosos pelo breve consentimento dos pais.

O Rato, enquanto isso, estava ocupado examinando o rótulo de uma das garrafas de cerveja.

– Vejo que é cerveja forte escura – comentou, em tom de aprovação. – SÁBIA Toupeira! Isso, sim! Agora vamos poder fazer cerveja quente! Prepare as coisas, Toupeira, enquanto eu tiro as rolhas.

Eles não demoraram muito para preparar a mistura e colocar o aquecedor de metal bem no coração avermelhado da fogueira; e logo todos os ratos-do-campo estavam bebericando e tossindo e se engasgando (pois um pouquinho de cerveja quente já é o bastante) e enxugando os olhos e rindo, esquecendo que algum dia tinham passado frio na vida.

– Eles também atuam em peças, esses rapazes – a Toupeira explicou ao Rato. – Inventam tudo sozinhos, e depois apresentam. E fazem isso muito bem! Apresentaram uma excelente ano passado, sobre um rato-do-campo capturado no mar por um pirata da Barbaria e obrigado a remar em uma galera; e quando ele fugiu e voltou para casa, sua amada tinha ido para um convento. Ei, VOCÊ! Você estava na peça, eu me lembro. Levante-se e recite um trecho.

O rato-do-campo a quem ela se referiu se levantou, deu uma risadinha tímida, olhou em volta, e ficou completamente sem palavras. Seus companheiros o incentivaram, a Toupeira o bajulou e encorajou, e o Rato chegou a agarrá-lo pelos ombros e sacudi-lo; mas nada foi capaz de superar seu nervosismo. Todos estavam empenhados como barqueiros aplicando técnicas de salvamento em alguém que se afogou, quando o trinco fez um estalo, a porta se abriu e o rato-do-campo com a lanterna reapareceu, cambaleando com o peso da cesta.

Ninguém mais falou de peça nenhuma quando o conteúdo real e sólido da cesta foi virado sobre a mesa. Sob o comando do Rato, todos foram incumbidos de preparar ou pegar algo. Em poucos minutos, o jantar estava pronto, e a Toupeira, ocupando a cabeceira da mesa em uma espécie de sonho, viu uma tábua que antes estava vazia agora cheia de coisas saborosas; viu o rosto de seus amiguinhos se iluminar e se abrir em sorrisos ao atacar sem atraso; e então também atacou – pois estava mesmo faminta – os alimentos providenciados de maneira tão mágica, pensando no quanto aquilo havia se tornado um retorno feliz ao lar, afinal. Enquanto comiam, falavam dos velhos tempos, e os ratos-do-campo contaram todas as fofocas locais até então, e responderam o melhor que puderam às centenas de perguntas que ela fez. O Rato dizia muito pouco ou quase nada, apenas garantindo que cada um dos convidados comesse o que quisesse, e bastante, e que a Toupeira não se incomodasse nem se preocupasse com nada.

Ao final, eles partiram fazendo algazarra, muito agradecidos e derramando os desejos da estação, com os bolsos cheios de presentes para os irmãos e irmãs mais novas em casa. Quando a porta se fechou e as lamparinas se extinguiram, a Toupeira e o Rato atiçaram o fogo, aproximaram as poltronas, prepararam um último caneco de cerveja quente e falaram sobre os acontecimentos daquele dia longo. Por fim, o Rato, com um bocejo enorme, disse:

– Toupeira, velha amiga, estou pronto para desmaiar. Dizer que estou com sono seria eufemismo. Aquela ali é sua cama? Muito bem, então. Eu fico com esta. Que casinha mais esplêndida! Tudo tão à mão!

Ele subiu em sua cama e se enrolou bem nos cobertores, e o sono o envolveu imediatamente, como uma faixa de cevada é envolvida pelos braços da colheitadeira.

A Toupeira, cansada, também ficou feliz por poder se deitar sem demora, e logo estava com a cabeça no travesseiro, com grande alegria e satisfação. Mas, antes de fechar os olhos, ela permitiu que eles varressem seu velho quarto, sob a luz suave da fogueira que brincava ou descansava sobre objetos familiares e amigáveis que havia muito tempo eram parte dela, inconscientemente, e agora a recebiam de volta sorridentes, sem rancor. Agora ela estava exatamente no estado de espírito que o Rato dedicado tanto lutara para incitar. Via claramente o quanto tudo era simples e modesto – estreito, até; mas também podia ver com muita clareza o quanto aquilo tudo era importante para ela, e o valor especial que uma âncora como aquela tem para a existência. Ela não queria abandonar a nova vida e seus espaços esplêndidos, dar as costas ao sol e ao ar e a tudo o que eles ofereciam e se enterrar em casa e ficar lá; o mundo lá em cima era forte, ainda a chamava, mesmo aqui embaixo, e ela sabia que precisava voltar ao palco maior. Mas era bom pensar que tinha aquele lar para onde voltar; aquele lugar que era só seu, aquelas coisas que estavam tão contentes em revê-la e que sempre ofereceriam as mesmas boas-vindas simples.

Senhor Sapo

Era uma manhã clara no início do verão; o rio tinha retomado as margens habituais e o ritmo de sempre, e um sol quente parecia puxar tudo que fosse verde e folhoso e espinhoso para si, como se puxasse cordas. A Toupeira e o Rato-d'Água estavam de pé desde o amanhecer, muito ocupados com assuntos relacionados a barcos e à abertura da temporada; pintando e envernizando, remendando remos, consertando almofadas, procurando ganchos perdidos, e assim por diante; e estavam terminando o café da manhã na salinha e discutindo ansiosamente os planos para o dia, quando uma batida forte soou na porta.

– Caramba! – disse o Rato, com grande exagero. – Veja quem é, Toupeira, como uma boa amiga, já que você já terminou.

A Toupeira foi atender à porta, e o Rato ouviu-a soltar um grito de surpresa. Então ela abriu de uma vez a porta da sala e anunciou com muita importância:

– Senhor Texugo!

Era realmente maravilhoso que o Texugo lhes fizesse uma visita, ou a qualquer um. Geralmente ele precisava ser abordado, caso quisessem muito falar com ele, enquanto deslizava silenciosamente ao longo de uma sebe de manhã cedinho ou tarde da noite, ou caçado em sua casa no meio da Floresta, o que era uma empreitada e tanto.

O Texugo entrou na sala pisando firme, e ficou olhando para os dois animais com uma expressão séria. O Rato deixou a colher cair sobre a toalha da mesa, e ficou ali sentado, boquiaberto.

– Chegou a hora! – disse o Texugo enfim em tom solene.

– Hora de quê? – perguntou o Rato, inquieto, olhando para o relógio sobre a lareira.

– Hora de QUEM, você devia perguntar – respondeu o Texugo. – Ora, a hora do Sapo! A hora do Sapo! Eu disse que lidaria com ele assim que o inverno acabasse, e vou lidar com ele hoje!

– A hora do Sapo, é claro! – exclamou a Toupeira, feliz. – Viva! Eu me lembro agora. NÓS vamos ensiná-lo a ser um Sapo sensato!

– Esta manhã mesmo – continuou o Texugo, ocupando uma poltrona –, pois ontem à noite fiquei sabendo, por uma fonte confiável, que mais um automóvel novo e excepcionalmente poderoso vai chegar ao Salão do Sapo para que ele experimente. Neste exato momento, talvez o Sapo esteja ocupado vestindo aquela indumentária horrorosa que lhe é tão cara, que o transforma de um Sapo de (relativa) boa aparência em um Objeto que lança longe qualquer animal decente que cruze seu caminho, em um ataque violento. Precisamos ir logo, antes que seja tarde. Vocês dois vão me acompanhar imediatamente ao Salão do Sapo, e o trabalho de resgate será realizado.

– Você está certo! – exclamou o Rato, começando a se levantar. – Vamos resgatar o pobre animal infeliz! Vamos convertê-lo! Ele vai ser o Sapo mais convertido que já existiu quando terminarmos!

E eles partiram pela estrada em sua missão de misericórdia, o Texugo à frente. Animais em grupos caminham de maneira adequada e sensata, em fila única, em vez de se espalhar pela estrada, não tendo nenhuma serventia uns aos outros em caso de perigo ou problema repentino.

Eles chegaram à entrada da garagem do Salão do Sapo e encontraram, como Texugo antecipara, um automóvel novo e reluzente, vermelho-vivo (a cor preferida do Sapo), em frente à casa. Ao se aproximarem da porta, ela se abriu, e o senhor Sapo, paramentado com óculos, chapéu, polainas e uma sobrecasaca enorme, desceu os degraus altivo, calçando as luvas.

– Olá! Cheguem, amigos! – ele exclamou animado ao vê-los. – Chegaram bem na hora de vir comigo para um alegre... vir para um alegre... um... é... alegre...

Sua fala vacilou quando ele percebeu o olhar severo e inflexível no semblante dos amigos, que se mantinham em silêncio, e não finalizou o convite.

O Texugo subiu os degraus.

– Levem-no para dentro – disse em tom severo aos companheiros.

Então, enquanto o Sapo era empurrado porta adentro, lutando e protestando, ele se virou para o chofer responsável pelo carro novo.

– Infelizmente o senhor não será necessário hoje – ele disse. – O senhor Sapo mudou de ideia. Por favor, compreenda que é definitivo. O senhor não precisa esperar.

Então ele seguiu os demais para dentro da casa e fechou a porta.

– Muito bem! – disse para o Sapo, quando os quatro estavam juntos no Salão. – Antes de tudo, tire essas coisas ridículas!

– Não vou tirar! – respondeu o Sapo, decidido. – O que significa esse ultraje grosseiro? Exijo uma explicação imediatamente.

– Tirem vocês dois, então – ordenou o Texugo sem espera.

Eles tiveram de deitar o Sapo no chão, chutando e dizendo todo tipo de nomes, para poder cumprir a tarefa. Então o Rato se sentou em cima dele, e a Toupeira tirou suas roupas automotivas uma a uma, e eles o colocaram em pé de novo. Boa parte de sua postura de bravata pareceu ter evaporado com a remoção de sua bela armadura. Agora que era meramente o Sapo, e não mais o Terror da Estrada, ele ria levemente e olhava para um e para outro suplicante, parecendo entender a situação.

– Você sabia que ia acabar chegando a isso, cedo ou tarde, Sapo – o Texugo explicou em tom grave. – Você ignorou todos os avisos que lhe demos, seguiu desperdiçando o dinheiro que seu pai deixou e está fazendo com que os animais fiquem com má fama no distrito com sua condução frenética, suas batidas e suas brigas com a polícia. Ter independência é muito bom, mas nós, animais, nunca permitimos que nossos amigos se façam de bobos além de um certo limite; e você chegou a esse limite. Agora, você é um bom sujeito em muitos aspectos, e não quero ser duro demais com você. Vou fazer mais uma tentativa de trazê-lo à razão. Você vai vir comigo ao fumódromo, e lá vai ouvir alguns fatos sobre si mesmo, e vamos ver se vai sair daquele cômodo o mesmo sapo.

Ele pegou o Sapo pelo braço com firmeza, levou-o até o fumódromo, e fechou a porta.

– ISSO não é bom! – disse o Rato com desdém. – CONVERSAR com o Sapo nunca vai curá-lo. Ele vai DIZER qualquer coisa.

Eles se acomodaram em poltronas e esperaram pacientemente. Pela porta fechada, ouviam o zumbido contínuo da voz do Texugo, subindo e descendo nas ondas da oratória; e logo perceberam que o sermão começou a ser pontuado por longos soluços, claramente vindos do peito do Sapo, que era um sujeito de coração mole e sensível, que se convertia facilmente – na hora, pelo menos – a qualquer ponto de vista.

Depois de cerca de três quartos de hora a porta se abriu, e o Texugo reapareceu, conduzindo solenemente pela pata um Sapo bastante vacilante e abatido. Sua pele caía solta ao seu redor, suas pernas cambaleavam e suas bochechas estavam enrugadas de tantas lágrimas provocadas pelo discurso comovente do Texugo.

– Sente-se aqui, Sapo – disse o Texugo com gentileza, apontando para uma cadeira. – Meus amigos – ele continuou –, tenho o prazer de informá-los de que o Sapo finalmente enxergou seus erros. Ele sente muito por sua conduta equivocada no passado, e se comprometeu a desistir dos carros motorizados de uma vez por todas. Ele me deu sua palavra quanto a isso.

– É uma notícia muito boa – disse a Toupeira, com seriedade.

– Muito boa, mesmo – observou o Rato, desconfiado. – Se ao menos... SE ao menos...

Ele fitava o Sapo profundamente ao dizer isso, e não pôde deixar de pensar que percebia algo similar a um brilho nos olhos ainda tristes do animal.

– Só há mais uma coisa a ser feita – continuou o Texugo, satisfeito. – Sapo, quero que você repita, solenemente, diante de seus amigos aqui, o que acabou de admitir para mim no fumódromo. Primeiro, você está arrependido do que fez, e vê a loucura da coisa toda?

Houve uma pausa longa, bem longa. O Sapo olhou desesperado para lá e para cá, enquanto os outros animais esperavam em um silêncio sepulcral. Por fim, ele falou.

– Não! – disse, um pouco carrancudo, mas com firmeza. – NÃO estou arrependido. E não foi nenhuma loucura! Foi simplesmente glorioso!

– O quê? – gritou o Texugo, completamente escandalizado. – Seu animal frouxo, você não me disse agora mesmo, lá dentro...

– Ah, sim, sim, LÁ DENTRO – disse o Sapo, impaciente. – Eu diria qualquer coisa LÁ DENTRO. Você é tão eloquente, querido Texugo, e tão comovente, e tão convincente, e apresenta todos os seus argumentos tão bem... Você pode fazer o que quiser comigo LÁ DENTRO, e sabe disso. Mas tenho pensado comigo mesmo desde então, e repensado as coisas aqui dentro, e descobri que não estou nem um pouco arrependido, então não seria certo dizer que estou; seria?

– Então você não promete – disse o Texugo – nunca mais encostar em um automóvel?

– É claro que não! – respondeu o Sapo, enfático. – Ao contrário, prometo sinceramente que o primeiro automóvel que aparecer na minha frente, *puf!*, estarei dentro dele!

– Eu disse, não disse? – comentou o Rato com a Toupeira.

– Muito bem, então – falou o Texugo com firmeza, levantando-se. – Já que você não vai ceder à persuasão, vamos ver o que conseguimos usando a força. Eu temia que isso fosse acontecer. Várias vezes você nos convidou para vir ficar com você, Sapo, nesta sua bela casa; bem, agora vamos ficar. Quando o convencermos a adotar um ponto de vista adequado, talvez possamos desistir, mas não antes. Levem o Sapo para cima, você dois, e o tranquem em seu quarto, enquanto decidimos a questão entre nós.

– É para o seu bem, Sapinho, você sabe disso – disse o Rato com gentileza, enquanto o Sapo, chutando e se debatendo, era arrastado escada acima pelos dois amigos fiéis. – Pense no quanto vamos nos divertir juntos, como antigamente, quando você superar esse... esse seu ataque doloroso!

– Vamos cuidar de tudo para você até que esteja bem, Sapo – disse a Toupeira –, e vamos garantir que seu dinheiro não seja desperdiçado, como tem sido.

– Chega desses incidentes lamentáveis com a polícia, Sapo – disse o Rato, enquanto o empurravam para dentro do quarto.

– E de passar semanas no hospital, recebendo ordens de enfermeiras, Sapo – acrescentou a Toupeira, virando a chave.

Eles desceram as escadas, o Sapo gritando insultos pelo buraco da fechadura; e os três amigos então se reuniram para discutir a situação.

– Vai ser uma tarefa enfadonha – disse o Texugo, com um suspiro. – Nunca vi o Sapo tão determinado. No entanto, vamos conseguir. Ele deve ser vigiado a todo instante. Vamos precisar fazer turnos para ficar com ele, até que o veneno tenha deixado seu organismo.

Assim, eles combinaram vigias. Os animais se revezavam para passar a noite no quarto do Sapo, e também dividiam o dia entre os três. De início, o Sapo de fato exigiu bastante de seus guardiões zelosos. Quando seus ataques violentos o possuíam, ele organizava as poltronas do quarto como se fossem um automóvel e se empoleirava na primeira, projetava o tronco e olhava fixamente em frente, fazendo barulhos toscos e medonhos, até chegar ao ápice, quando, dando uma cambalhota, ele se deitava entre as ruínas de poltronas, aparentemente satisfeito por um tempo. Conforme o tempo passava, no entanto, esses ataques dolorosos foram ficando menos frequentes, e os amigos se esforçavam para canalizar sua mente para direções mais leves. Mas seu interesse em outros assuntos não parecia se reanimar, e ele aparentemente foi ficando letárgico e deprimido.

Uma bela manhã, o Rato, que ia iniciar seu turno de trabalho, subiu as escadas para liberar o Texugo, que encontrou inquieto para sair e esticar as pernas em uma longa caminhada por sua floresta e descer por suas terras e tocas.

– O Sapo ainda está na cama – ele disse ao Rato, à porta. – Não se consegue nada com ele, a não ser "Ah, deixe-o em paz, ele não quer nada, talvez melhore logo, pode passar com o tempo, não fique agitado demais", e assim por diante. Agora, cuidado, Rato! Quando o Sapo fica quieto e submisso e brincando de herói de algum prêmio de escola dominical, é quando mais está maquinando. Alguma coisa com certeza está acontecendo. Eu o conheço. Bem, agora preciso ir.

– Como você está se sentindo hoje, velho amigo? – perguntou o Rato, animado, ao se aproximar da cama do Sapo.

Ele teve de esperar alguns minutos pela resposta. Finalmente uma voz fraca respondeu:

– Muito obrigado, querido Ratinho! É tão gentil de sua parte perguntar! Mas primeiro me diga como você está, e a excelente Toupeira?

– Ah, NÓS estamos bem – respondeu o Rato. – A Toupeira – ele acrescentou sem pensar – vai sair para uma caminhada por aí com o Texugo. Vão ficar fora até a hora do almoço, então você e eu vamos passar uma manhã agradável juntos, e vou fazer o que estiver ao meu alcance para diverti-lo. Agora, levante-se de um salto, como um bom sujeito, e não fique aí deprimido em uma bela manhã como esta!

– Caro e gentil Rato – murmurou o Sapo –, você desconhece minha condição, e o quanto estou distante de conseguir "levantar de um salto" agora... se é que um dia conseguirei! Mas não se preocupe comigo. Odeio ser um fardo para meus amigos, e não espero ser um fardo por muito mais tempo. De verdade, tenho essa esperança.

– Bom, eu também tenho essa esperança – disse o Rato, com sinceridade. – Você tem sido uma bela preocupação para todos nós ultimamente, e fico feliz por ouvir que isso vai acabar. E com o tempo assim, e a estação dos barcos começando! É uma pena, Sapo! Não é pelo incômodo, mas porque estamos perdendo muita coisa.

– Receio que seja, SIM, pelo incômodo – respondeu o Sapo, abatido. – Eu compreendo. É natural. Vocês estão cansados de se preocupar comigo. Não vou pedir que façam mais nada. Sou uma chateação, eu sei.

– Você é, é verdade – disse o Rato. – Mas, ouça o que eu digo, eu aceitaria qualquer chateação por você, se você ao menos fosse um animal sensato.

– Se eu acreditasse nisso, Ratinho – murmurou o Sapo, mais fraco do que nunca –, eu imploraria a você, pela última vez, provavelmente, que fosse até a aldeia o mais rápido possível... agora mesmo já pode ser tarde demais... e trouxesse o médico. Mas não se incomode. É apenas uma chateação, e talvez devamos mesmo deixar que as coisas sigam seu curso.

– Por quê? Para que você quer um médico? – perguntou o Rato, se aproximando e examinando o amigo. Ele estava mesmo muito quieto e sem expressão, e sua voz estava mais fraca e seus gestos muito mudados.

– Você certamente percebeu ultimamente... – murmurou o Sapo.
– Mas, não... por que perceberia? Perceber as coisas não passa de uma

chateação. Amanhã, sim, talvez você diga a si mesmo "Ah, se eu tivesse percebido antes! Se eu tivesse feito alguma coisa!". Mas, não, é uma chateação. Não se incomode... esqueça que eu pedi.

– Escute aqui, meu velho – disse o Rato, começando a ficar assustado –, é claro que vou buscar um médico para você, se você acha mesmo que é isso que quer. Mas você não deve estar nesse ponto ainda. Vamos conversar sobre outra coisa.

– Temo, meu querido amigo – disse o Sapo, com um sorriso triste –, que "conversar" não resolva muito em um caso como esse... nem mesmo médicos, para falar a verdade; ainda assim, precisamos nos agarrar a qualquer migalha. E, aliás, já que estamos falando sobre isso... ODEIO causar mais incômodo, mas me ocorre que, já que você vai sair... você se importaria de aproveitar e pedir ao advogado que venha até aqui? Seria de grande ajuda para mim, e há momentos... talvez eu deva dizer que há UM momento... em que precisamos encarar tarefas desagradáveis, ainda que estejamos esgotados!

– Um advogado! Ah, ele deve estar mesmo muito mal! – o Rato disse a si mesmo, apavorado, ao sair correndo do quarto, sem esquecer, no entanto, de trancar a porta.

Do lado de fora, ele parou para pensar. Os outros dois estavam longe, e ele não tinha ninguém a quem consultar.

– É melhor não arriscar – disse, refletindo. – Sei que o Sapo já acreditou estar muito mal antes, sem qualquer motivo; mas nunca o ouvi pedir por um advogado! Se não houver mesmo problema, o médico vai dizer que ele é um asno velho, e vai animá-lo; e isso vai ser uma vitória. É melhor eu fazer sua vontade; não vai demorar muito.

Então ele correu até a aldeia em sua missão de misericórdia.

O Sapo, que pulou levemente da cama assim que ouviu a chave virar na fechadura, observou-o da janela ansiosamente até ele desaparecer pela entrada da garagem. Então, rindo com vontade, vestiu, o mais rápido possível, o melhor terno que pôde encontrar naquele momento, encheu os bolsos de dinheiro, que pegou de uma pequena gaveta da penteadeira, e, em seguida, amarrando os lençóis da cama e prendendo uma extremidade da corda improvisada na barra vertical central da bela janela Tudor que emoldurava seu quarto, ele pulou para fora, escorregou levemente até o chão e, indo na direção oposta à do Rato, partiu despreocupado, assoviando uma melodia alegre.

Foi um almoço sombrio para o Rato quando o Texugo e a Toupeira finalmente voltaram, e ele teve de enfrentá-los à mesa com sua história lamentável e pouco convincente. É possível imaginar os comentários cáusticos, para não dizer brutais, do Texugo, então vou passá-los; mas foi doloroso para o Rato ouvir até mesmo a Toupeira, embora ficasse ao lado do amigo sempre que possível, dizer:

– Você foi um pouco tolo desta vez, Ratinho! E o Sapo, quem diria!

– É, ele conseguiu – disse o Rato, cabisbaixo.

– Ele conseguiu ENROLAR VOCÊ! – retorquiu o Texugo, em tom acalorado. – No entanto, falar não vai resolver nada. Ele ganhou algum tempo, isso é certo; e o pior é que vai ficar tão convencido da própria esperteza que pode cometer qualquer tolice. Um consolo é que estamos livres agora, não precisamos mais gastar nosso precioso tempo de sentinela. Mas é bom continuarmos dormindo no Salão do Sapo por um tempo. O Sapo pode ser trazido de volta a qualquer momento... em uma maca, ou no meio de dois policiais.

Assim falou o Texugo, sem saber o que o futuro guardava, ou quanta água, e quão turva, passaria por baixo das pontes antes que o Sapo voltasse a se sentar tranquilo em seu Salão ancestral.

Enquanto isso, o Sapo, feliz e irresponsável, caminhava apressado pela estrada, a alguns quilômetros de casa. De início pegou atalhos e atravessou muitos campos, e mudou de direção muitas vezes, para o caso de estar sendo perseguido; mas agora, já se sentindo a salvo, e com o sol sorrindo reluzente sobre ele, e toda a natureza se juntando em um coro de aprovação da canção de louvor que seu coração cantava para si mesmo, ele quase dançava pela estrada de tanta satisfação e vaidade.

– Um trabalho inteligente! – ele disse para si mesmo rindo. – Cérebro contra a força bruta, e o cérebro saiu vencedor, como se espera que aconteça. Pobre Ratinho! Minha nossa! Ele vai ouvir quando o Texugo voltar! Um sujeito digno, o Ratinho, com muitas boas qualidades, mas pouca inteligência e nenhuma educação. Preciso pegá-lo pela mão qualquer dia, e ver se consigo transformá-lo em alguém.

Cheio de pensamentos presunçosos como esse, ele seguiu caminhando, a cabeça erguida, até chegar a uma cidadezinha, onde a placa do "Leão Vermelho", balançando do outro lado da rua, descendo a principal, lembrou-o de que ele não tinha tomado café da manhã naquele dia, e que estava com muita fome depois da longa caminhada. Ele entrou na estalagem pisando firme, pediu o melhor almoço que podiam providenciar de pronto e se sentou no salão para comer.

Ele estava mais ou menos na metade da refeição quando um som muito familiar, que se aproximava pela rua, pegou-o de sobressalto e ele caiu trêmulo. O *puf-puf!* foi se aproximando cada vez mais, e ele ouviu o carro entrar no pátio da estalagem e parar, e teve de se segurar à perna da mesa para esconder a emoção que o dominava. Logo o grupo entrou no salão, faminto, tagarela e feliz, comentando suas experiências naquela manhã e os méritos do carro que os trouxera até ali. O Sapo escutou ansioso, todo ouvidos, por um tempo; até que não conseguiu mais suportar. Saiu do salão silenciosamente, pagou sua conta no bar e assim que saiu deu a volta até o pátio da estalagem.

– Não há mal algum – disse a si mesmo – em dar uma OLHADINHA!

O carro estava no meio do pátio, sem ninguém que cuidasse dele, pois os ajudantes do estábulo estava todos comendo. O Sapo caminhou lentamente em volta do carro, inspecionando, avaliando, matutando profundamente.

– Me pergunto – logo disse a si mesmo –, me pergunto se esse tipo de carro PEGA fácil?

No instante seguinte, sem nem saber como, ele se viu segurando a maçaneta e virando-a. Quando o som familiar irrompeu, a velha paixão tomou conta do Sapo e o dominou completamente, corpo e alma. Como em um sonho, ele se viu, de alguma forma, sentado no banco do motorista; como em um sonho, ele puxou o câmbio e deu a volta com o carro no pátio e saiu pela arcada; e, como em um sonho, qualquer senso de certo e errado, qualquer medo das consequências óbvias pareceram temporariamente suspensos. Ele aumentou a velocidade, e conforme o carro devorava a rua e saltava na autoestrada pelo campo aberto, ele percebeu que voltava a ser o Sapo, o Sapo em sua melhor forma, Sapo, o terror, o domador do tráfego, o senhor da estrada solitária, para quem todos devem abrir caminho ou serem lançados no nada e na noite eterna. Ele cantava enquanto voava, e o carro respondia com um ronco sonoro; os quilômetros eram vencidos sob seus pés enquanto ele acelerava sem saber para onde, respondendo a seus instintos, vivendo seu momento, sem se preocupar com o que poderia acontecer.

* * *

– Ao meu ver – observou o Juiz, animado –, a ÚNICA dificuldade que se apresenta neste caso bastante claro é: como podemos dificultar as coisas o suficiente para o trapaceiro incorrigível e malfeitor reincidente que vemos acovardado no banco dos réus à nossa frente. Vejamos: ele foi considerado culpado, segundo as provas mais claras, primeiro, de roubar um automóvel valioso; segundo, de dirigir perigosamente; e, terceiro, de desacato grave contra a polícia rural. Senhor Secretário, pode nos dizer, por favor, qual é a pena mais rígida que podemos impor a cada um desses crimes? Sem, é claro, dar ao prisioneiro o benefício de qualquer dúvida, porque não há nenhuma.

O Secretário coçou o nariz com a caneta:

– Algumas pessoas considerariam – observou – que roubar o carro foi o maior dos crimes; e assim é. Mas desacatar a polícia certamente acarreta a pena mais severa; e assim deve ser. Suponhamos que seriam doze meses pelo roubo, o que é leve; e três anos pela direção perigosa, o que é leniente; e quinze anos pelo desacato, que foi um desacato grave, a julgar pelo que ouvimos das testemunhas, ainda que se acredite apenas em um décimo do que foi ouvido, e eu mesmo nunca acredito mais que isso... Esses números, se somados corretamente, totalizam dezenove anos...

– Muito bem! – disse o Juiz.

– Então é melhor arredondar para vinte anos para garantir – concluiu o Secretário.

– Excelente sugestão! – disse o Juiz, em tom de aprovação. – Prisioneiro! Controle-se e tente se levantar. Serão vinte anos para você desta vez. E, preste atenção, se aparecer na nossa frente mais uma vez, qualquer que seja a acusação, seremos obrigados a lidar muito seriamente com a situação!

Então os brutos servos da lei saltaram sobre o infeliz Sapo; o encheram de correntes e o arrastaram para fora do Tribunal, gritando, rezando, protestando; atravessando a feira, onde a população brincalhona, sempre tão severa ao testemunhar um crime quanto simpática e prestativa com aqueles que são meramente "procurados", o atacou com zombarias, cenouras e palavras de ordem populares; passando por crianças de escola fazendo algazarra, os rostos inocentes iluminados pelo prazer que sempre sentem ao ver um cavalheiro em uma situação difícil; passando pela ponte levadiça, sob o rastrilho pontiagudo, sob a arcada carrancuda do velho castelo sombrio, cujas torres antigas se erguiam bem alto; passando por guaritas cheias de soldados de folga, por sentinelas que tossiam de modo terrível e sarcástico, porque é o máximo que uma sentinela em seu posto pode ousar fazer para demonstrar seu desprezo e sua aversão ao crime; subindo escadas em caracol desgastadas pelo tempo, passando por homens armados de casquete e corselete de aço, lançando olhares ameaçadores por seus visores; atravessando pátios, onde mastins puxavam a coleira e davam patadas no ar tentando alcançá-lo; passando por velhos carcereiros, suas alabardas apoiadas na parede, cochilando em cima de uma torta e um garrafão de cerveja escura; e assim por diante, passando pela sala do cavalete e pela sala dos anjinhos, passando pela curva que levava ao cadafalso, até chegarem à porta da masmorra mais sombria que ficava no coração da fortaleza mais interna. Ali finalmente pararam, onde um velho carcereiro estava sentado dedilhando um molho de chaves.

– Por Cristo! – disse o sargento de polícia, tirando o capacete e enxugando a testa. – Levanta, velho vadio, e pega este vil Sapo, um criminoso da mais profunda culpa e de habilidades e recursos incomparáveis. Vigia-o e guarda-o com toda tua dedicação; e presta muita atenção, barba grisalha, caso algo desagradável venha a acontecer, tua velha cabeça responderá pela dele... e uma praga sobre ambos!

O carcereiro assentiu soturnamente, colocando a mão velha sobre o ombro do pobre Sapo. A chave enferrujada rangeu na fechadura, a grande porta bateu atrás deles; e o Sapo era um prisioneiro indefeso da masmorra mais remota da fortaleza mais bem guardada do castelo mais robusto de toda a extensão da Feliz Inglaterra.

O flautista nos portões do alvorecer

O Pássaro cantava sua pequena canção, escondido na orla escura do rio. Embora já passasse das dez da noite, o céu ainda se agarrava a faixas de luz remanescentes do dia; e o calor pesado da tarde sufocante se dissipava para longe ao toque dos dedos frios da curta noite de verão. A Toupeira estava deitada na margem do rio, ainda ofegante do estresse do dia ardente e sem nuvens do nascer até o pôr do sol, e esperava pelo retorno do amigo. Passara o dia no rio com alguns companheiros, deixando o Rato-d'Água livre para manter um compromisso antigo com a Lontra; e ao voltar encontrara a casa escura e deserta, e nem sinal do Rato, que certamente ainda estava com seu velho camarada. Ainda estava quente demais para pensar em ficar dentro de casa, então ela se deitou sobre algumas folhas frescas e pensou sobre o dia e seus acontecimentos, e no quanto tinham sido bons.

Os passos leves do Rato logo foram ouvidos se aproximando sobre a grama seca.

— Ah, bendito frescor! — ele disse, e sentou-se, observando o rio, pensativo, em silêncio e preocupado.

— Você ficou para o jantar, é claro? — logo disse a Toupeira.

— Simplesmente tive de ficar — respondeu o Rato. — Não me deixaram nem falar em vir embora antes. Você sabe o quanto são gentis. E garantiram que tudo fosse muito divertido para mim, até o momento em que me despedi. Mas eu me senti como um brutamontes o tempo todo, pois estava claro para mim que eles estavam muito infelizes, embora tentassem esconder. Toupeira, temo que estejam com problemas. O Pequeno Portly está desaparecido de novo. E você sabe o quanto a mãe o estima, embora ela nunca fale muito sobre isso.

— O quê? Aquela criança? — disse a Toupeira, despreocupada. — Bem, ainda que esteja, por que se preocupar? Ele está sempre vagando por aí, e se perdendo, e voltando de novo; é tão aventureiro. Mas nunca lhe acontece nada de mal. Todos por aqui o conhecem e gostam dele, e também da velha Lontra, e pode ter certeza de que um ou outro animal vai encontrá-lo e trazê-lo de volta são e salvo. Ora, nós mesmos já o encontramos, a quilômetros de casa, e bastante sereno e animado!

— Sim, mas desta vez é mais grave — disse o Rato, sério. — Ele desapareceu há alguns dias, e as Lontras procuraram por toda parte, sem encontrar o menor rastro. E perguntaram a todos os animais, também, em um raio de quilômetros, e ninguém sabe dele. A Lontra está claramente mais nervosa do que admite. Eu arranquei dela que o jovem Portly ainda não aprendeu a nadar muito bem, e percebi que está pensando na barragem. Ainda há muita água descendo, para essa época do ano, e o lugar sempre fascinou o garoto. E há também... bem, armadilhas e coisas do tipo... VOCÊ sabe. A Lontra não é de ficar nervosa por causa de nenhum filho antes da hora. E agora ela ESTÁ nervosa. Quando vim embora, ela saiu comigo... disse que queria tomar um ar, e falou sobre esticar as pernas. Mas eu vi que não era isso, então eu finalmente arranquei tudo dela. Ela ia passar a noite no vau. Você sabe, o lugar onde ficava o vau, antigamente, antes de construírem a ponte.

– Sei bem – disse a Toupeira. – Mas por que a Lontra escolheu o vau para vigiar?

– Bem, parece que foi lá que ela começou a ensinar Portly a nadar – continuou o Rato. – Naquela restinga rasa de cascalho perto da margem. E era lá que ela o ensinava a pescar, e foi lá que o pequeno Portly pegou o primeiro peixe, o que a deixou muito orgulhosa. O garoto amava aquele lugar, e a Lontra acha que se ele voltar de onde quer que esteja... se é que ele ESTÁ em algum lugar a essa altura, pobrezinho... talvez ele vá ao vau de que tanto gostava; ou que, se acabar passando por lá, ele vai se lembrar do lugar e parar para brincar ali, talvez. Então a Lontra vai até lá toda noite e fica de vigia... para garantir, sabe, só para garantir!

Eles ficaram em silêncio por um tempo, ambos pensando na mesma coisa – no animal solitário e sofrendo, agachado no vau, vigiando e esperando, a noite inteira... só para garantir.

– Bem, bem – logo disse o Rato. – Acho que é hora de entrar.

Mas nem fez menção de sair do lugar.

– Rato – disse a Toupeira –, eu simplesmente não posso entrar, e me deitar, e não FAZER nada, ainda que pareça não haver nada que possa ser feito. Vamos pegar o barco e remar rio acima. A lua vai estar alta em mais ou menos uma hora, então vamos procurar o máximo que pudermos... De qualquer forma, vai ser melhor do que ir para a cama e não fazer NADA.

– Era exatamente o que eu estava pensando – disse o Rato. – Não é o tipo de noite boa para deitar, de qualquer forma; e o amanhecer também não está tão distante, então pode ser que consigamos alguma notícia dele com os madrugadores conforme avançamos pelo rio.

Eles pegaram o barco, e o Rato pegou os remos, e foi remando com cuidado. No meio da correnteza, havia um rastro estreito e nítido que refletia o céu levemente; mas onde quer que as sombras repousassem sobre a água, da margem, de arbustos ou árvores, sua aparência era tão sólida quanto as próprias margens, e a Toupeira desviava com cautela. Embora escura e deserta, a noite era cheia de barulhinhos, canções e conversas e sussurros, que revelavam a pequena população ocupada que estava acordada e circulando por ali, exercendo seus ofícios e vocações pela noite até que o sol finalmente caísse sobre eles e os enviasse para o descanso merecido. Os barulhos da própria água, também, eram mais aparentes que durante o dia, seus gorgolejos e "flups" mais inesperados e próximos; e constantemente eles se assustavam com o que parecia ser um chamado claro e repentino de uma voz articulada.

A linha do horizonte era clara e nítida contra o céu, e em uma porção específica se mostrava preta contra uma fosforescência prateada cada vez maior. Por fim, sobre a beira da terra à espera, a lua se ergueu com uma majestade vagarosa até se libertar do horizonte e partir, livre de amarras; e mais uma vez eles começaram a ver superfícies – prados extensos, e jardins tranquilos, e o próprio rio de uma margem à outra, tudo revelado aos poucos, tudo livre de mistério e horror, tudo radiante mais uma vez como durante o dia, mas com uma diferença que era tremenda. As velhas assombrações os saudavam novamente em nova roupagem, como se tivessem escapulido e vestido novos trajes e voltado em silêncio, sorrindo enquanto esperavam tímidas para ver se seriam reconhecidas.

Amarrando o barco a um salgueiro, os amigos desembarcaram naquele reino silencioso e prateado e exploraram pacientemente as sebes, as árvores ocas, os arroios e suas pequenas galerias, as valas e os cursos-d'água secos. Voltando a embarcar e atravessando para o outro lado, eles foram subindo o rio, enquanto a lua, serena e destacada em um céu sem nuvens, fez o que estava ao seu alcance, embora estivesse tão distante, para ajudá-los em sua busca; até que sua hora chegou, e ela mergulhou relutante em direção à terra, e os deixou, e o mistério mais uma vez dominou o campo e o rio.

Então uma mudança começou a se anunciar aos poucos. O horizonte ficou mais claro, campo e árvores ficaram mais visíveis, e pareciam diferentes, de alguma forma; o mistério começou a desaparecer. Um pássaro piou de repente, imóvel; e uma brisa leve soprou e fez os juncos farfalharem. O Rato, que estava na popa do barco, enquanto a Toupeira remava, endireitou-se de repente e ouviu com atenção. A Toupeira, que com movimentos suaves apenas mantinha o barco em movimento enquanto analisava as margens com cuidado, olhou para ele curioso.

– Sumiu! – suspirou o Rato, voltando a afundar no assento. – Tão bonito e estranho e novo. Já que ia acabar tão rápido, eu quase queria não ter ouvido. Pois despertou um anseio doloroso em mim, e nada parece valer a pena, a não ser ouvi-lo de novo e continuar ouvindo para sempre. Não! Aí está de novo! – ele exclamou, alerta mais uma vez.

Em transe, ficou em silêncio por um longo tempo, fascinado.

– Agora ele segue seu caminho e eu começo a perdê-lo – ele logo continuou. – Ah, Toupeira! A beleza! A bolha jovial e a alegria, o chamado tênue, claro e feliz do canto distante! Uma música com a qual nunca nem sonhei, e o chamado nela é ainda mais forte que a música é doce! Reme, Toupeira, reme. Pois a música e o chamado devem ser para nós.

A Toupeira, muito confusa, obedeceu.

– Eu mesma não ouço nada – disse – além do vento brincando nos juncos e vimes.

O Rato não respondeu, se é que ouviu. Em êxtase, distante, tremendo, foi possuído em todos os seus sentidos por essa coisa nova e divina que dominara sua alma indefesa e a balançava e embaçava, como um bebê indefeso mas feliz em um aperto firme e estável.

Em silêncio, a Toupeira remava com firmeza, e logo eles chegaram a um ponto em que o rio se dividia, com um longo remanso que se ramificava para um dos lados. Com um movimento discreto de cabeça, o Rato, que há muito tempo havia largado o leme, direcionou o remador para o remanso. A onda de luz rastejante vinha crescendo, e agora eles viam a cor das flores que enfeitavam a margem da água.

– Mais claro e mais próximo – exclamou o Rato com alegria. – Agora você certamente está ouvindo! Ah, finalmente, vejo que está!

Sem fôlego e paralisada, a Toupeira parou de remar quando o fluxo líquido daquele canto alegre a atingiu como uma onda, elevando-a e possuindo-a completamente. Ela viu as lágrimas no rosto do companheiro, e baixou a cabeça e compreendeu. Por um tempo eles ficaram ali suspensos, acariciados pela salgueirinha-roxa que enfeitava a margem; então o chamado claro e imperioso que andava de mãos dadas com a melodia inebriante se impôs sobre a Toupeira, e mecanicamente ela voltou a se curvar sobre os remos. E a luz foi ficando cada vez mais forte, mas nenhum pássaro cantava como costumavam fazer quando o amanhecer se aproximava; e, exceto pela música celestial, tudo estava perfeitamente imóvel.

Nas duas laterais, à medida que avançavam, a rica relva do prado aparentava, naquela manhã, um frescor e um verde insuperáveis. Eles nunca tinham visto as rosas tão vívidas, as salgueirinhas tão agitadas, as filipêndulas tão cheirosas e penetrantes. Então o murmúrio da barragem que se aproximava começou a tomar o ar, e eles sentiram que estavam chegando ao fim, qualquer que fosse ele, que certamente aguardava sua expedição.

Um amplo semicírculo de espuma e luzes cintilantes e ombros reluzentes de água verde, a grande barragem encerrava o remanso de uma margem à outra, agitando a superfície tranquila com redemoinhos e rastros de espuma flutuante, e abafava todos os outros sons com seu estrondo solene e suave. No meio do riacho, envolta no braço extenso da barragem, uma pequena ilha se ancorava, encerrada por salgueiros e bétulas prateadas e amieiros. Reservada, tímida, mas cheia de significado, ela escondia o que quer que continha por trás de um véu, mantendo-o até que a hora certa chegasse e, com ela, os chamados e escolhidos.

Lentamente, mas sem qualquer dúvida ou hesitação, e com uma espécie de expectativa solene, os dois animais atravessaram a água turbulenta e atracaram o barco na margem florida da ilha. Em silêncio, desembarcaram e cruzaram a vegetação rasteira perfumada em flor que levava ao terreno nivelado, até chegarem a um pequeno gramado de um verde maravilhoso, envolto pelos pomares da própria Natureza – macieiras, cerejeiras e abrunheiros.

– Este é o lugar do meu sonho-canção, o lugar que a música tocou para mim – sussurrou o Rato, como em um transe. – Aqui, neste lugar sagrado, aqui, de todos os lugares, certamente vamos encontrá-lo!

Então de repente a Toupeira sentiu um grande Temor cair sobre ela, um temor que transformou seus músculos em água, baixou sua cabeça e enraizou seus pés no chão. Não era o terror do pânico – na verdade, ela se sentia incrivelmente em paz e feliz –, mas um temor que a dominava e a abraçava e, mesmo sem vê-la, ela sabia que só podia significar que uma Presença respeitável estava muito, muito próxima. Com dificuldade, ela se virou para olhar para o amigo e o viu ao seu lado, intimidado, abatido e tremendo violentamente. E ainda havia um silêncio absoluto nos galhos povoados e assombrados por pássaros ao redor; e ainda a luz vinha crescendo.

Talvez ela nunca ousasse levantar o olhar, mas, embora o canto agora tivesse aquietado, o chamado e o clamor seguiam dominantes e imperiosos. Ela talvez não se recusasse, se a Morte em pessoa estivesse esperando para levá-la imediatamente, após ver com seus olhos mortais coisas que se mantinham corretamente escondidas. Tremendo, ela obedeceu, e levantou a cabeça humilde; então, na clareza absoluta do amanhecer iminente, enquanto a Natureza, ruborizada com a plenitude de cores inacreditáveis, parecia prender a respiração à espera do acontecimento, ela olhou nos olhos do Amigo e Ajudante; viu os chifres curvados para trás, reluzentes à luz que crescia; viu o nariz severo e adunco entre os olhos gentis que olhavam para baixo e os fitavam com humor, enquanto a boca barbada se abria em um meio sorriso nos cantos; viu os músculos ondulantes do braço à frente do peito largo, a mão comprida e flexível ainda segurando a flauta de Pã recém-afastada dos lábios entreabertos; viu as curvas esplêndidas dos membros peludos dispostos em uma tranquilidade majestosa sobre o gramado; viu, enfim, aninhado entre os cascos, dormindo tranquilo e na mais plena paz, a forma miúda e redonda e rechonchuda e infantil do bebê lontra. Tudo isso ela viu, por um instante intenso e sem fôlego, vívido no céu da manhã; e, ainda assim, ao olhar, ela viveu; e, ainda assim, ao viver, ela se admirou.

– Rato! – reuniu o fôlego para suspirar, tremendo. – Você está com medo?

– Com medo? – murmurou o Rato, os olhos reluzindo um amor inexprimível. – Com medo! DELE? Ah, nunca, nunca. E ainda assim... e ainda assim... Ah, Toupeira, estou com medo!

Então os dois animais, agachados, curvaram a cabeça e o adoraram.

Súbito e magnífico, o largo disco dourado do sol se revelou no horizonte à sua frente; e os primeiros raios, disparados através do banhado, atingiram em cheio os olhos dos animais, ofuscando-os. Quando voltaram a enxergar, a Visão tinha desaparecido, e o ar estava cheio do canto dos pássaros que saudavam o amanhecer.

Enquanto eles olhavam para o nada em uma tristeza muda, lentamente se dando conta de tudo o que tinham visto e tudo o que tinham perdido, uma leve brisa caprichosa, que dançando subia da superfície da água, agitou os choupos, sacudiu as rosas cobertas de orvalho e soprou o rosto dos dois, leve e carinhosamente; e com aquele toque suave veio o esquecimento instantâneo. Pois este é o melhor último presente que o semideus gentil tem o cuidado de conceder àqueles a quem se revela ao ajudá-los: o dom do esquecimento. Para que a terrível lembrança não permaneça e não cresça, e não ofusque a alegria e o prazer, para que a memória assustadora não estrague a vida posterior dos animais ajudados em momentos de dificuldade, para que possam ser felizes e despreocupados como antes.

A Toupeira esfregou os olhos e virou-se para o Rato, que olhava ao redor com uma expressão confusa.

– Me desculpe, Rato, o que você disse? – ela perguntou.

– Eu acho que estava apenas destacando – respondeu o Rato devagar – que este é o tipo exato de lugar e que aqui pode ser que o encontremos. E veja! Ora, ali está ele, o rapazinho!

E com um grito de alegria ele correu na direção do adormecido Portly.

Mas a Toupeira ficou parada um instante, pensativa. Como alguém que desperta de repente de um belo sonho, que se esforça para recordá-lo, e não consegue recapturar mais que uma vaga sensação de sua beleza, sua beleza! Até que ela também se esvai, e o sonhador aceita amargamente o despertar duro e frio, e todas as suas penalidades; então a Toupeira, depois de lutar contra sua memória por um breve instante, sacudiu a cabeça com tristeza e foi atrás do Rato.

Portly acordou com um guincho alegre, e se contorceu de prazer ao ver os amigos da mãe, que com tanta frequência haviam brincado com ele nos últimos dias. Em um instante, no entanto, seu rosto ficou pálido e ele começou a andar em círculos com um gemido suplicante. Como uma criança que dormiu feliz nos braços da babá, e acorda sozinha e deitada em um lugar estranho, e busca em cantos e armários, e corre de cômodo em cômodo, o desespero crescendo em silêncio em seu coração, assim Portly vasculhou a ilha, procurando, obstinado e incansável, até que finalmente chegou o momento obscuro de desistir, sentar e chorar amargamente.

A Toupeira logo correu para consolar o animalzinho; mas o Rato, hesitante, analisou desconfiado algumas marcas de casco fundas no gramado.

– Um... animal... grande... esteve aqui – murmurou devagar e pensativo; e ficou pensando, pensando; sua mente se agitou estranhamente.

– Vamos, Rato! – chamou a Toupeira. – Pense na pobre Lontra, esperando lá no vau!

Portly logo foi consolado pela promessa de um agrado – um passeio pelo rio no barco do senhor Rato; e os dois animais o levaram até a beira da água, colocaram-no em segurança entre eles no fundo do barco, e saíram remando pelo remanso. O sol agora já estava alto e quente, pássaros cantavam vigorosos e sem amarras, e flores sorriam e assentiam de ambas as margens, mas de alguma maneira – assim pensavam os animais – com menor riqueza de cor e brilho do que pareciam se lembrar de ter visto recentemente em algum lugar... Eles se perguntavam onde.

Ao chegar novamente ao rio principal, eles viraram o barco para que subisse em direção ao lugar onde sabiam que a amiga mantinha sua vigília solitária. Ao se aproximarem do vau familiar, a Toupeira levou o barco até a margem, e eles sacaram Portly e o colocaram em pé na trilha à beira do rio, deram-lhe instruções quanto ao caminho a seguir e um tapinha amigável nas costas de despedida, e remaram com a corrente. Ficaram observando o animalzinho avançar pelo caminho com alegria e seriedade; observaram-no até ver seu focinho se erguer de repente e seu andar cambalear quando ele apressou o passo com gemidos estridentes e se contorcendo de alegria. Olhando rio acima, eles viram a Lontra se levantar, tensa e rígida, do raso onde estava agachada tomada por uma paciência muda, e a ouviram ladrar admirada e alegre ao atravessar o vime de um salto em direção à trilha. Então a Toupeira, puxando um dos remos com força, virou o barco e deixou que a corrente os levasse rio abaixo, sua busca tendo chegado a um final feliz.

– Me sinto estranhamente cansada, Rato – disse a Toupeira, repousando sobre os remos enquanto o barco deslizava sobre as águas. – É por ter passado a noite em claro, você dirá, talvez; mas isso não é nada. Fazemos isso em metade das noites toda semana, nesta época do ano. Não; me sinto como se tivesse vivenciado algo muito instigante e terrível, que acabou de passar; mas nada de especial aconteceu.

– Ou algo muito surpreendente e esplêndido e belo – murmurou o Rato, se acomodando e fechando os olhos. – Também estou me sentindo assim, Toupeira; simplesmente exausto, mas não fisicamente. É sorte estarmos indo na direção da correnteza, que ela esteja nos levando para casa. Não é uma alegria sentir o sol novamente, mergulhando em nossos ossos! E escutar o vento brincando nos juncos!

– É como música… uma música distante – disse a Toupeira, assentindo sonolenta.

– Era o que eu estava pensando – murmurou o Rato, sonhador e lânguido. – Música para dançar… uma música animada que não para… mas com palavras também… ora cantada, ora só instrumental… percebo as palavras de tempos em tempos… e a música para dançar volta, e depois nada além do sussurro suave dos juncos.

– Você ouve melhor do que eu – disse a Toupeira entristecida. – Não consigo ouvir as palavras.

– Vou tentar recitá-las para você – disse o Rato com a voz suave, os olhos ainda fechados. – Agora as palavras estão voltando… baixinho, mas claramente… Que a admiração não se demore… A diversão logo voltará… Verá meu poder na hora do auxílio… Mas logo esquecerá! Agora os juncos assumem… recordação, recordação, eles sussurram, e se esvaem em um farfalho e um sussurro. Então a voz volta… Para que os membros não se rompam... A armadilha lançada cairá... Ao soltar a armadilha me vês ali... Mas certamente esquecerá! Reme mais perto, Toupeira, mais perto dos juncos! É difícil ouvir, e a cada minuto fica mais fraco... Ajudante e curandeiro, dou vivas... Pequenos abandonados ao deus-dará... Perdidos encontro, feridas eu curo... Mas ninguém lembrará! Mais perto, Toupeira, mais perto! Não, não adianta; a canção se esvaiu na falação dos juncos.

– Mas o que as palavras significam? – perguntou a Toupeira, curiosa.

– Isso eu não sei – respondeu simplesmente o Rato. – Recitei-as para você conforme as ouvi. Ah! Elas voltam mais uma vez, e desta vez plenas e nítidas! Desta vez, enfim, é real... simples... apaixonada... perfeita...

– Bom, ouçamos, então – disse a Toupeira, depois de ter esperado pacientemente por alguns minutos, quase cochilando no sol quente.

Mas não ouviu resposta. Ela olhou, e entendeu em silêncio. Com um sorriso de muita felicidade no rosto, e algo como um olhar de escuta persistente, o Rato cansado adormecera profundamente.

As aventuras do Sapo

Quando o Sapo se viu preso em um calabouço úmido e fétido, e soube que toda a escuridão sombria de uma fortaleza medieval se colocava entre ele e o mundo exterior de sol e estradas bem aplanadas onde ele tinha sido tão feliz, se divertindo como se tivesse comprado todas as estradas da Inglaterra, ele se jogou no chão, derramou lágrimas amargas e se lançou ao desespero.

– É o fim de tudo – disse ele –, pelo menos é o fim da vida do Sapo, o que é a mesma coisa; o Sapo charmoso e popular, o Sapo hospitaleiro e rico, o Sapo tão livre e despreocupado e jovial! Como posso esperar ser solto novamente – disse ele – tendo sido preso tão justamente por roubar um automóvel tão lindo de maneira tão audaciosa, e por um desacato tão sinistro e criativo, lançado sobre tantos policiais gordos e corados! – Aqui seus soluços o sufocaram. – Que animal estúpido eu fui – disse ele –, agora vou definhar neste calabouço, até que as pessoas que tinham tanto orgulho de me conhecer tenham esquecido até mesmo meu nome! Ah, velho e sábio Texugo! Ah, inteligente Rato e sensível

Toupeira! Que opiniões sentadas, que conhecimento dos homens e das questões possuem! Ah, infeliz e abandonado Sapo!

E ele passou os dias e as noites durante várias semanas com lamentos como esses, recusando refeições ou lanches leves, embora o carcereiro sombrio e velho, sabendo que os bolsos do Sapo eram forrados, sempre destacasse que muitos itens de conforto, luxos até, poderiam ser trazidos – a um preço – lá de fora.

O carcereiro tinha uma filha, uma moça simpática e de bom coração, que ajudava o pai nas tarefas mais leves de seu posto. Ela gostava especialmente dos animais, e, além do canário, cuja gaiola ficava pendurada em um prego na parede maciça da fortaleza durante o dia, para profunda irritação dos prisioneiros que gostavam de um cochilo após o almoço, e aninhada em uma manta sobre a mesa à noite, ela tinha vários ratos malhados e um esquilo inquieto e agitado. Aquela garota de bom coração, com pena da tristeza do Sapo, certo dia disse ao pai:

– Pai! Não suporto ver aquele pobre animal tão infeliz, e ficando tão magrinho! Deixe-me cuidar dele. Sabe o quanto gosto de animais. Vou dar-lhe de comer da minha mão, fazê-lo sentar e tentar todo tipo de coisa.

O pai respondeu que ela podia fazer o que quisesse com ele. Estava cansado do Sapo, e de seu mau humor e sua arrogância e sua maldade. Então naquele dia ela começou sua missão de piedade, e bateu à porta da cela do Sapo.

– Vamos, anime-se, Sapo – disse ela ao entrar. – E sente-se e enxugue os olhos e seja um animal sensato. E tente comer um pouco do jantar. Veja, eu trouxe um pouco do meu, quentinho, acabou de sair do forno!

Era tortilha de batata com legumes, entre dois pratos, e o aroma preencheu a cela estreita. O cheiro penetrante do repolho chegou ao nariz do Sapo, que estava largado no chão em seu desalento, e por um instante o fez pensar que talvez a vida não fosse tão vazia e desesperada quanto ele imaginava. Mas ainda assim ele se lamentou, e chutou o ar e se recusou a ser consolado. Então a garota esperta se retirou por um tempo, mas, é claro, boa parte do cheiro de repolho quente ficou para trás, como sempre acontece, e o Sapo, entre soluços, cheirou e pensou, e começou aos poucos a ter pensamentos novos e inspiradores; de cavalheirismo, e poesia, e tarefas ainda por fazer; de prados extensos e gado pastando, tocados pelo sol e pela brisa; de hortas, e cercas de ervas, e bocas-de-leão cercadas de abelhas; e do tilintar reconfortante dos pratos quando colocados na mesa no Salão do Sapo, e do arrastar dos pés das cadeiras no chão quando todos se aproximavam da mesa. O ar da cela estreita assumiu um tom rosado; ele começou a pensar nos amigos, e que eles certamente conseguiriam fazer alguma coisa; em advogados e no quanto teriam gostado de seu caso, e no quanto ele tinha sido burro de não conseguir alguns; e, finalmente, pensou em sua própria esperteza e em seus recursos, e em tudo o que seria capaz de fazer se simplesmente se dedicasse; e a cura estava quase completa.

Quando a garota voltou, algumas horas depois, trazia uma bandeja com uma xícara de chá aromático e fumegante; e um prato cheio de torradas bem quentes com manteiga, cortadas grossas, bem marrons de ambos os lados, com a manteiga escorrendo pelos buracos em gotas grandes e douradas, como um favo de mel. O cheiro daquelas torradas com manteiga falava com o sapo, e com uma voz nítida; falava de cozinhas quentes, de cafés da manhã em dias claros e gelados, de fogueiras aconchegantes em noites de inverno, quando a andança chegava ao fim e os pés em chinelos eram apoiados no guarda-fogo; do ronronar de gatos contentes, e do canto de canários sonolentos. O Sapo se sentou, enxugou os olhos, bebericou o chá e mastigou a torrada, e logo começou a falar abertamente sobre si mesmo, e a casa onde vivia, e o que fazia lá, e o quanto era importante e o quanto os amigos gostavam dele.

A filha do carcereiro viu que o assunto lhe fazia tão bem quanto o chá, e fazia mesmo, e o instigou a continuar.

– Fale sobre o Salão do Sapo – ela disse. – Parece ser tão bonito.

– O Salão do Sapo – disse o Sapo orgulhoso – é a residência de um cavalheiro reservado e qualificado, única; data em parte do século XIV, mas é cheia de conveniências modernas. Saneamento atualíssimo. A cinco minutos da igreja, do correio e de campos de golfe. Perfeita para...

– Animal abençoado – disse a garota, rindo. – Não quero COMPRÁ-LA. Me diga algo REAL sobre ela. Mas primeiro espere eu pegar um pouco mais de chá e torradas.

Ela foi saltitando e logo voltou com uma bandeja cheia; e o Sapo, atacando as torradas com avidez, o ânimo quase restaurado ao nível normal, contou a ela sobre a garagem de barcos, e o lago de peixes, e a velha horta murada; e sobre os chiqueiros, e os estábulos, e o pombal, e o galinheiro; e sobre a leiteria, e a lavanderia, e os armários de louça, e os de itens de cama, mesa e banho (ela gostou destes especialmente); e sobre o salão de banquetes, e o quanto se divertiam quando os outros animais se reuniam ao redor da mesa e o Sapo estava em sua melhor forma, cantando, contando histórias, como de costume. Então ela quis saber sobre seus amigos animais, e demonstrou muito interesse em tudo o que ele tinha a dizer sobre eles e sobre como viviam, e o que faziam para passar o tempo. É claro, ela não disse que gostava dos animais DE ESTIMAÇÃO, porque teve a delicadeza de perceber que o Sapo ficaria muito ofendido. Quando ela se despediu, depois de encher o jarro de água e bater o colchão de palha para ele, o Sapo já era quase o mesmo animal disposto e contente que sempre fora. Ele cantou uma ou duas canções, como as que cantava em seus jantares, se aninhou no colchão de palha e teve uma noite excelente de sono e o mais agradável dos sonhos.

Depois disso, eles tiveram muitas conversas interessantes, conforme os dias monótonos foram passando; e a filha do carcereiro ficou com muita pena do Sapo, e achou que era um infortúnio que o pobre animalzinho ficasse trancado em uma prisão pelo que lhe parecia um crime trivial. O Sapo, é claro, em sua vaidade, achou que seu interesse por ele vinha de um carinho cada vez maior; e não pôde deixar de lamentar que o abismo social entre eles fosse tão largo, pois ela era uma moça graciosa, e claramente o admirava muito.

Certa manhã, a garota estava muito pensativa, e oferecendo respostas aleatórias, e não parecia estar prestando a devida atenção às palavras espirituosas e aos comentários brilhantes do Sapo.

– Sapo – ela logo disse –, apenas escute, por favor. Tenho uma tia que é lavadeira.

– Tudo bem, tudo bem – disse o sapo, gracioso e afável –, não tem importância; não pense mais nisso. *Eu* tenho várias tias que DEVEM ser lavadeiras.

– Fique quieto um minuto, Sapo – disse a garota. – Você fala demais, é seu maior defeito; estou tentando pensar, e você está fazendo minha cabeça doer. Como eu disse, eu tenho uma tia que é lavadeira; ela lava as roupas de todos os prisioneiros deste castelo... tentamos manter serviços que possam dar algum lucro na família, você entende. Ela leva a roupa segunda pela manhã, e traz de volta sexta à noite. Hoje é quinta. Agora, eis o que me ocorreu: você é muito rico, pelo menos é o que sempre me diz, e ela é muito pobre. Algumas libras não fariam diferença para você e significariam muito para ela. Agora, acho que se ela fosse abordada da maneira certa... honestamente, acredito que seja a palavra que vocês animais usam... talvez vocês pudessem fazer um acordo segundo o qual ela lhe daria seu vestido e seu gorro e assim por diante, e você poderia escapar do castelo como a lavadeira oficial. Vocês são muito parecidos em vários aspectos... especialmente de corpo.

– NÃO SOMOS – disse o sapo, bufando. – Eu tenho uma postura muito elegante... considerando o que sou.

– Minha tia também – respondeu a garota –, considerando o que ELA é. Mas faça como quiser. Seu animal horrível, orgulhoso e ingrato, e pensar que estou com pena de você e tentando ajudá-lo!

– Sim, sim, está bem; muito, muito obrigado – o Sapo se apressou a responder. – Mas veja bem! Você certamente não veria o senhor Sapo do Salão do Sapo andando por aí disfarçado de lavadeira!

– Então você pode ficar aqui como um Sapo – respondeu a garota, espirituosa. – Imagino que queira sair daqui em uma carruagem levada por quatro cavalos!

O honesto Sapo estava sempre disposto a admitir quando estava errado.

– Você é uma garota boa, gentil e esperta – ele disse –, e eu de fato sou um sapo orgulhoso e burro. Me apresente à sua valorosa tia, por favor, não tenho dúvida de que a excelente senhora e eu vamos conseguir um acordo satisfatório para ambas as partes.

Na noite seguinte, a garota levou a tia até a cela do Sapo, carregando a roupa lavada da semana presa em uma toalha. A velha senhora havia sido preparada de antemão para o encontro, e as moedas de ouro que o Sapo colocara sobre a mesa bem à vista praticamente concluíram a questão e deixaram pouco para ser discutido. Em troca do dinheiro, o Sapo recebeu um vestido de algodão estampado, um avental, um xale e um gorro preto desbotado; a única condição que a senhora exigiu foi que ela fosse amordaçada e amarrada e jogada em um canto. Com esse artifício não muito convincente, explicou ela, e uma ficção pitoresca que ela mesma forneceria, ela esperava manter sua situação, apesar da aparência suspeita de tudo aquilo.

O Sapo ficou encantado com a sugestão. Permitiria que ele deixasse a prisão com algum estilo, e com sua reputação de sujeito perigoso e desesperado imaculada; e ele logo ajudou a filha do carcereiro a fazer com que a tia parecesse uma vítima de circunstâncias sobre as quais não tivera nenhum controle.

– Agora é a sua vez, Sapo – disse a garota. – Tire o casaco e o colete; você já é bem gordo sem eles.

Tremendo de tanto rir, ela o colocou no vestido de algodão estampado, arrumou o xale com uma dobra profissional e amarrou os cordões do gorro preto desbotado sob seu queixo.

– Você está igualzinho à ela – ela riu –, mas tenho certeza de que nunca pareceu tão respeitável em toda a sua vida. Agora, adeus, Sapo, e boa sorte. Vá direto pelo caminho pelo qual subiu até aqui; se alguém disser alguma coisa, o que provavelmente acontecerá, pois são homens, você pode retrucar um pouco, é claro, mas lembre-se de que é uma viúva, sozinha no mundo, com uma reputação a perder.

Com o coração trêmulo, mas os passos o mais firmes possível, o Sapo seguiu com cautela a missão que parecia muito arriscada e incerta; mas logo se surpreendeu positivamente com quanto tudo pareceu ter sido facilitado para ele, e levemente humilhado porque nem sua popularidade nem o sexo que parecia inspirá-la eram seus. A figura atarracada da lavadeira naquele vestido de algodão estampado familiar parecia um passaporte para cada porta gradeada e portal sombrio; mesmo quando ele hesitava, incerto quanto à direção a tomar, era ajudado pelo guarda do portão seguinte, ansioso para ir tomar seu chá, apressando-o a sair logo e não deixá-lo ali esperando a noite toda. As provocações e brincadeiras a que foi submetido, e para as quais, é claro, precisava dar uma resposta rápida e eficaz, foram, de fato, o maior perigo; pois o Sapo era um animal muito ciente de sua dignidade, e as provocações eram, na maior parte (em sua opinião), pobres e grosseiras, e não havia nenhuma graça nas brincadeiras. No entanto, ele manteve a calma, embora com grande dificuldade, adaptou as respostas a seu entorno e sua suposta reputação, e fez o possível para não ultrapassar os limites do bom gosto.

Horas pareceram passar antes que ele atravessasse o último pátio, rejeitando os convites insistentes na última sala de guarda, e se esquivasse dos braços abertos do último guarda, implorando com paixão simulada por um último abraço de despedida. Mas finalmente ele ouviu o portão da entrada principal se fechar atrás de si, sentiu o ar fresco do mundo exterior em sua fronte ansiosa e soube que estava livre!

Tonto com o sucesso fácil de sua ousada façanha, ele caminhou ligeiro em direção às luzes da cidade, sem saber o que faria em seguida, certo de apenas uma coisa, de que precisava sair o mais rápido possível da vizinhança onde a senhora que ele fora obrigado a representar era tão conhecida e popular.

Enquanto seguia, pensativo, sua atenção foi atraída por umas luzes vermelhas e verdes um pouco distantes, em uma das extremidades da cidade, e o som de baforadas e roncos de motores e o barulho de rebocadores chegaram a seus ouvidos.

"Arrá!", pensou ele. "Isto é que é sorte! Uma estação de trem era o que eu mais queria no mundo agora; e o melhor é que não preciso atravessar a cidade para chegar até lá e não terei de me manter neste personagem humilhante com respostas que, embora muito eficazes, não ajudam em nada a manter a dignidade."

Assim, ele seguiu até a estação, consultou a tabela de horários e descobriu que um trem que ia mais ou menos na direção de sua casa ia sair em meia hora.

– Mais sorte! – disse o Sapo, logo ficando mais animado, e foi até a bilheteria comprar sua passagem.

Ele deu o nome da estação que sabia ser a mais próxima à aldeia da qual o Salão do Sapo era a atração principal, e enfiou mecanicamente os dedos, em busca do dinheiro necessário, onde o bolso do colete estaria. Mas então o vestido de algodão, que o ajudara nobremente até aqui, e do qual havia praticamente esquecido, interveio, e frustrou seus esforços. Em uma espécie de pesadelo, ele lutou contra algo estranho e misterioso que parecia segurar suas mãos, transformar qualquer esforço muscular em água e rir dele o tempo todo; enquanto isso, outros viajantes, que formavam uma fila atrás dele, esperavam com paciência, oferecendo sugestões mais ou menos valiosas e comentários pertinentes. Enfim, de algum modo – ele nunca veio a entender como –, o Sapo rompeu as barreiras, atingiu a meta, chegou até o local onde se encontram todos os bolsos de coletes e encontrou... não apenas nenhum dinheiro, mas nenhum bolso onde pudesse estar guardado, e nenhum casaco onde o bolso pudesse estar!

Para seu horror, ele lembrou que deixara o casaco e o colete para trás na cela, e com eles a carteira, o dinheiro, as chaves, o relógio, os fósforos, o estojo – tudo o que faz a vida valer a pena, tudo o que distingue o animal de muitos bolsos, o senhor da criação, dos inferiores de um só bolso, ou nenhum, que saltitam por aí sem escrúpulos, despreparados para a competição real.

Em seu tormento, ele fez uma última tentativa desesperada de conseguir a passagem e, retornando aos antigos bons modos – uma mistura de fidalgo e erudito –, disse:

– Escute! Acabei de descobrir que esqueci minha bolsa. Apenas me dê a passagem, por favor, e eu envio o dinheiro amanhã? Sou muito conhecida por aqui.

O atendente olhou para ele e para o gorro desbotado por um instante, e riu.

– Imagino o quanto é conhecida por aqui – disse –, se tenta essa jogada com frequência. Agora, afaste-se da janela, por favor, senhora; está atrapalhando os outros passageiros!

Um senhor que estava cutucando suas costas havia algum tempo o empurrou e, ainda pior, dirigiu-se a ele como "minha boa senhora", o que enfureceu o Sapo mais do que qualquer coisa que tivesse acontecido naquela noite.

Perplexo e desesperado, ele vagou sem destino pela plataforma onde o trem estava parado, e lágrimas escorreram em ambos os lados de seu nariz. Era difícil, pensou, estar tão perto da segurança e do lar, e ser impedido de chegar pela falta de algumas míseras moedas e pela desconfiança mesquinha de funcionários públicos. Muito em breve sua fuga seria descoberta, a caçada começaria, ele seria capturado, injuriado, preso em correntes, arrastado de volta para a prisão, para o pão e água, para o colchão de palha; a vigilância e a punição seriam dobrados; e Ah, os comentários sarcásticos que a garota faria! O que ele podia fazer? Ele não era rápido a pé; sua figura infelizmente era reconhecível. Será que não poderia se espremer sob o assento de uma carruagem? Vira esse método ser adotado por estudantes, quando o dinheiro fornecido para o trajeto por pais zelosos era desviado para fins mais interessantes. Enquanto pensava, ele percebeu que estava diante do motor, que estava sendo lubrificado, limpo e mimado pelo maquinista carinhoso, um homem corpulento com uma lata de óleo em uma mão e um pedaço de estopa na outra.

– Olá, mãe! – disse o maquinista. – Qual é o problema? A senhora não me parece muito feliz.

– Ah, senhor! – disse o Sapo, voltando a chorar. – Sou uma pobre lavadeira, e perdi todo o meu dinheiro, e não posso pagar pela passagem, e preciso ir para casa esta noite, e não sei o que fazer! Minha nossa! Minha nossa!

– A senhora de fato está em maus lençóis – disse o maquinista, pensativo. – Perdeu o dinheiro... e não tem como ir para casa... e tem filhos esperando pela senhora, ouso dizer?

– Muitos – soluçou o Sapo. – E vão estar com fome... e brincando com fósforos... e acendendo lamparinas, os pequenos inocentes!... e brigando, e tudo o mais. Minha nossa! Minha nossa!

– Bem, vou dizer o que eu vou fazer – disse o bom maquinista. – A senhora é uma lavadeira, segundo diz. Muito bem, que seja. E eu sou um maquinista, como a senhora bem pode ver, e não há como negar que é um trabalho sujo. Consome muitas camisas, isso sim, a ponto de minha senhora estar cansada de lavá-las. Se a senhora lavar algumas camisas para mim quando chegar em casa, e mandá-las para mim, eu lhe dou uma carona na locomotiva. É contra as regras da empresa, mas não somos tão exigentes nestas terras remotas.

O sofrimento do Sapo se transformou em êxtase quando ele subiu ansioso na cabine do motor. É claro, nunca tinha lavado uma camisa na vida, e não seria capaz de fazê-lo se tentasse e, de qualquer forma, não ia começar agora; mas pensou: "Quando eu chegar são e salvo ao Salão do Sapo, e tiver dinheiro de novo, e bolsos onde colocá-lo, mandarei ao maquinista o suficiente para pagar por uma boa quantidade de roupa lavada, e vai ser a mesma coisa, ou melhor".

O vigia acenou sua bandeira, o maquinista assoviou alegre, e o trem saiu da estação. Conforme a velocidade aumentava, e o Sapo via campos, e árvores, e sebes, e vacas, e cavalos passarem voando de ambos os lados, e ia pensando que a cada minuto ele ficava mais perto do Salão do Sapo, e dos amigos compreensivos, e do dinheiro a tilintar em seu bolso, e de uma cama macia onde dormir, e de coisas boas para comer, e do louvor e da admiração por suas aventuras e sua esperteza insuperável, ele começou a saltitar e gritar e cantar trechos de canções, para a surpresa do maquinista, que já cruzara com lavadeiras antes, mas nunca com uma lavadeira como aquela.

Eles já tinham percorrido muitos quilômetros, e o Sapo já estava pensando no que comeria no jantar assim que chegasse em casa, quando ele percebeu que o maquinista, com uma expressão confusa no rosto, estava debruçado sobre a lateral do motor e ouvindo com atenção. Então viu o maquinista subir na pilha de carvão e olhar para fora por cima do trem; o homem voltou e disse ao Sapo:

– É muito estranho; somos o último trem indo nesta direção esta noite, mas eu poderia jurar que ouvi outro vindo atrás de nós!

O Sapo parou imediatamente com as brincadeiras frívolas. Ficou sério e deprimido, e uma dor entorpecente na base de sua coluna, transmitindo-se a suas pernas, fez com que ele precisasse se sentar, tentando desesperadamente não pensar em todas as possibilidades.

A essa altura a lua brilhava forte, e o maquinista, firmando-se sobre o carvão, enxergava longe o trilho atrás deles.

Logo ele gritou:

– Consigo ver claramente agora! É uma locomotiva, atrás de nós, vindo a toda velocidade! Parece que estão nos perseguindo.

O pobre Sapo, agachado sobre o pó do carvão, tentou pensar no que fazer, desesperadamente sem sucesso.

– Estão se aproximando rápido! – gritou o maquinista. – E a locomotiva está lotada com os tipos mais estranhos! Homens que parecem carcereiros velhos, acenando com alabardas; policiais com capacetes, acenando com cassetetes; e homens malvestidos com chapéu-coco, dá para ver que obviamente são detetives à paisana, mesmo a essa distância, acenando com revólveres e bengalas; todos acenando e todos gritando a mesma coisa... "Parem, parem, parem!".

Então o sapo caiu de joelhos em meio ao carvão e, levantando as patas entrelaçadas em súplica, clamou:

– Me salve, apenas me salve, caro senhor Maquinista, e eu confessarei tudo! Não sou a simples lavadeira que pareço! Não tenho filhos esperando por mim, inocentes ou não! Sou um sapo... o famoso e popular senhor Sapo, proprietário de terras; acabei de fugir, com minha grande ousadia e esperteza, de uma masmorra repugnante na qual meus inimigos me jogaram; e se aqueles sujeitos naquela locomotiva me pegarem, serão correntes e pão e água e colchão de palha e angústia mais uma vez para o pobre e inocente Sapo!

O maquinista olhou para ele de cima duramente, e perguntou:

– Agora me diga a verdade: por que você foi preso?

– Não foi nada demais – disse o pobre Sapo, corando profundamente. – Eu só peguei um automóvel emprestado enquanto os donos almoçavam; eles não precisavam do carro naquele momento. Eu não tinha a intenção de roubá-lo, de verdade; mas as pessoas, os magistrados principalmente, têm opiniões muito severas a respeito de ações imprudentes e espirituosas.

O maquinista ficou muito sério e disse:

– Temo que o senhor tenha sido mesmo um sapo perverso, e que segundo a lei eu deveria entregá-lo à justiça. Mas o senhor claramente está sofrendo e angustiado, então não vou abandoná-lo. Não gosto de carros motorizados, para começar; e também não gosto de receber ordens de policiais quando estou comandando minha locomotiva. E ver um animal chorando sempre me deixa sensível e de coração mole. Então, anime-se, Sapo! Vou fazer o que estiver ao meu alcance, e talvez ainda possamos vencê-los!

Eles colocaram mais carvão, alimentando o fogo furiosamente; a fornalha rugiu, as faíscas voaram, o motor deu um salto, mas ainda assim os perseguidores pareciam estar ganhando. O maquinista, com um suspiro, limpou a fronte com um punhado de estopa e disse:

– Infelizmente parece que não adianta, Sapo. Veja, eles estão mais leves, e têm um motor melhor. Só nos resta fazer uma coisa, e é sua única chance, então preste muita atenção no que eu vou dizer. Logo à nossa frente fica um túnel comprido, e do outro lado do túnel o trilho atravessa uma floresta densa. Agora, eu vou acelerar o máximo que eu puder enquanto estivermos no túnel, mas os sujeitos vão diminuir um pouco a velocidade, é claro, com medo de um acidente. Quando tivermos passado o túnel, vou desligar o vapor e ativar os freios com toda a força, e neste momento você vai poder saltar em segurança e se esconder na floresta, antes que eles saiam do túnel e o vejam. Então vou seguir a toda velocidade, e eles podem vir atrás de mim se quiserem, durante o tempo que quiserem, e a distância que quiserem. Agora, preste atenção e esteja pronto para saltar quando eu disser!

Eles colocaram mais carvão, e o trem acelerou para dentro do túnel, e o motor disparou e rugiu e sacudiu, até que finalmente dispararam do outro lado para o ar fresco e o luar tranquilo, e viram a floresta escura e útil em ambos os lados dos trilhos. O maquinista desligou o vapor e freou, o Sapo desceu no degrau e, quando o trem diminuiu a uma velocidade próxima de uma caminhada, ele ouviu o maquinista gritar:

– Agora, pule!

O Sapo pulou, rolou por uma pequena escarpa, se levantou ileso, cambaleou em direção à floresta e se escondeu.

Espiando, ele viu o trem acelerar novamente e desaparecer em alta velocidade. Então a locomotiva que os perseguia saiu do túnel rugindo e sibilando, a tripulação variada acenando as armas e gritando:

– Pare! Pare! Pare!

Quando eles se foram, o Sapo deu uma gargalhada – pela primeira vez desde que fora jogado na prisão.

Mas ele logo parou de rir quando se deu conta de que era muito tarde e estava escuro e frio, e ele estava em uma floresta desconhecida, sem dinheiro e sem chance de jantar, e ainda longe dos amigos e de casa; e o silêncio mortal de tudo aquilo, depois do rugido e do estrondo do trem, era um choque. Ele não ousaria deixar o abrigo das árvores, então entrou mais fundo na floresta, pensando em deixar o trilho de trem para trás, o mais distante possível.

Depois de tantas semanas confinado, achou a floresta estranha e hostil e propensa, pensou, a zombar dele. Noitibós, fazendo soar seu chocalho mecânico, faziam com que o Sapo acreditasse que a floresta estava cheia de guardas à sua procura, se aproximando cada vez mais. Uma coruja, lançando-se silenciosamente em sua direção, roçou seu ombro com uma das asas, pegando-o de sobressalto com a certeza de que se tratava de uma mão; então saiu voando, como uma mariposa, rindo seu ho! ho! ho! baixo; o que o Sapo achou de muito mau gosto. Então ele encontrou uma raposa, que parou, olhou-o de cima a baixo de modo sarcástico, e disse:

– Olá, lavadeira! Sumiram um pé de meia e uma fronha esta semana! Que não aconteça de novo!

E saiu, rindo. O Sapo olhou em volta procurando por uma pedra para jogar nela, mas não achou nenhuma, o que o deixou mais irritado que qualquer outra coisa. Finalmente, com frio, fome e cansado, ele buscou o abrigo de uma árvore oca, onde com galhos e folhas secas fez a cama mais confortável que pôde, e dormiu tranquilo até de manhã.

Todos os viajantes

  O Rato-d'Água estava inquieto, e não sabia exatamente por quê. Ao que tudo indicava, o verão ainda estava no auge, e embora nos acres arados o verde tivesse dado lugar ao ouro, embora as sorveiras estivessem ficando vermelhas, e as florestas estivessem pontilhadas aqui e ali com um furor amarelado, a luz e o calor e a cor ainda estavam presentes na mesma medida, livres de qualquer antecipação do frio do ano anterior. Mas o coro constante dos pomares e das sebes havia encolhido, e agora se resumia à canção noturna casual de artistas incansáveis; o pintarroxo voltava aos poucos a se afirmar; e havia no ar uma sensação de mudança e partida. O cuco, é claro, havia muito estava silencioso; mas muitos outros amigos emplumados, que durante meses haviam feito parte da paisagem familiar em sua pequena sociedade, também tinham desaparecido, e parecia que o grupo diminuía aos poucos, dia após dia. O Rato, sempre atento a todos os movimentos alados, viu que assumiam uma tendência diária em direção ao sul; e ao se deitar na cama à noite ele pensava ouvir, passando na escuridão lá em cima, as batidas e o estremecer de asas impacientes, atendendo com obediência ao chamado definitivo.

O Grande Hotel da Natureza tem suas Temporadas, como os demais. Conforme os hóspedes, um a um, fazem as malas, pagam e vão embora, e os assentos à mesa ficam mais escassos a cada refeição; conforme os quartos são fechados, os tapetes tirados e os garçons dispensados; os hóspedes que ficam, como pensionistas, até a reabertura total no ano seguinte, não deixam de se sentir afetados por todas essas partidas e despedidas, essas discussões ansiosas de planos, rotas e novas instalações, essa redução diária do fluxo de camaradagem. Ficam inquietos, deprimidos e propensos a reclamações. Por que essa ânsia por mudança? Por que não ficam aqui, tranquilos, como nós, e alegres? Não conhecem este hotel fora da temporada, e o quanto nos divertimos, nós, amigos, que ficamos e testemunhamos o ano todo. Tudo isso é bem verdade, os outros respondem, sem dúvida; nós invejamos vocês – e outro ano, talvez, mas agora temos compromissos – e o ônibus já está na porta – nosso tempo acabou! E eles se vão, com um sorriso e um aceno, e sentimos sua falta, e ficamos ressentidos. O Rato era um animal autossuficiente, enraizado naquela terra, e, independentemente de quem partisse, ele ficava; ainda assim, ele não podia deixar de perceber o que estava no ar, e sentir sua influência no íntimo.

Era difícil se prender a alguma coisa, com toda essa agitação ao redor. Afastando-se da margem do rio, onde os juncos se erguiam altos e espessos em uma corrente que estava ficando lenta e baixa, ele vagou pelos campos, atravessou um ou dois pastos que já pareciam empoeirados e secos, e se lançou no grande mar de trigo, amarelo, ondulante e murmurante, cheio de movimentos silenciosos e pequenos murmúrios. Aqui ele amava passear, pela floresta de caules fortes e rígidos que sustentavam o céu dourado sobre sua cabeça – um céu que estava sempre dançando, reluzindo, falando baixinho; ou balançando com firmeza ao vento e se recuperando com uma sacudida e uma risada alegre. Aqui, também, ele tinha muitos amiguinhos, uma sociedade completa em si mesma, levando vidas plenas e ocupadas, mas sempre com um tempinho de sobra para fofocar, e trocar novidades com um visitante. Hoje, no entanto, embora bastante corteses, os ratos-do-campo pareciam ocupados. Muitos estavam ocupados cavando; outros, reunidos em pequenos grupos, examinavam planos e desenhos de pequenos apartamentos, que diziam ser recomendáveis e compactos, e localizados a uma proximidade conveniente das lojas. Alguns puxavam baús e cestos empoeirados, outros já estavam guardando seus pertences; e por toda parte se espalhavam pilhas e fardos de trigo, aveia, cevada, faia e castanhas, prontas para o transporte.

– Eis o bom e velho Ratinho! – exclamaram assim que o viram. – Venha nos dar uma mãozinha, Rato, não fique aí parado!

– O que estão aprontando? – perguntou o Rato-d'Água, sério. – Sabem que não é hora de pensar em alojamentos para o inverno ainda, nem de longe!

– Ah, sim, sabemos disso – explicou um rato-do-campo um tanto envergonhado. – Mas é sempre bom estar adiantado, não é? Precisamos MESMO tirar todos os móveis e toda a bagagem e todas as provisões daqui antes que aquelas máquinas terríveis comecem a andar por estes campos; e, você sabe, os melhores apartamentos ficam indisponíveis tão rápido hoje em dia, e se demorar você tem que aceitar QUALQUER COISA; e eles também precisam de muito conserto para se tornarem habitáveis. É claro, estamos adiantados, sabemos disso; mas estamos só começando.

– Ah, COMEÇANDO! – disse o Rato. – O dia está esplêndido. Venham dar um passeio de barco, ou fazer uma caminhada pela sebe, ou fazer um piquenique na floresta, ou sei lá.

— Bem, ACHO QUE hoje NÃO, obrigado — respondeu o rato-do-campo apressado. — Talvez OUTRO dia, quando tivermos mais TEMPO...

O Rato, bufando, virou-se para ir embora, tropeçou em uma caixa de chapéu e caiu, soltando palavra indignas.

— Se as pessoas fossem mais cuidadosas — disse um rato-do-campo, com severidade — e olhassem para onde andam, elas não se machucariam... e não se irritariam. Cuidado com a mala, Rato! É melhor você se sentar em algum lugar. Em uma ou duas horas talvez estejamos mais livres para dar atenção a você.

— Não vão estar "livres", como dizem, antes do Natal, estou vendo — retrucou o Rato, mal-humorado, ao abrir caminho para fora do campo.

Ele voltou um pouco desanimado para o rio — o rio velho, constante e fiel, que nunca fazia as malas, nem ia para alojamentos de inverno.

Nos vimes que margeavam o rio, avistou uma andorinha sentada. Logo mais uma se juntou à ela, e uma terceira; e os pássaros, remexendo-se inquietos sobre o galho, conversavam sério e baixinho.

— O quê? JÁ? — disse o Rato, se aproximando. — Qual é a pressa? Isso é simplesmente ridículo.

— Ah, não estamos partindo ainda, se é o que quer dizer — respondeu a primeira andorinha. — Estamos apenas fazendo planos e combinando tudo. Conversando, você sabe... sobre que rota tomar este ano, e onde vamos parar, e assim por diante. É metade da diversão!

— Diversão? — disse o Rato. — É isso que eu não entendo. Se vocês são OBRIGADAS a deixar este lugar agradável, e seus amigos que vão sentir sua falta, e seus lares aconchegantes nos quais acabaram de se instalar, ora, quando a hora chegar não tenho dúvida de que irão, corajosas, e enfrentarão qualquer infortúnio e desconforto de mudança e novidade, e farão de conta que não estão tão infelizes. Mas querer falar sobre isso, ou mesmo pensar nisso, antes de realmente precisarem...

– Não, você não compreende, naturalmente – disse a segunda andorinha. – Primeiro, sentimos uma inquietação aqui dentro, uma doce agitação; então as lembranças voltam uma a uma, como pombos-correio. Elas palpitam em nossos sonhos à noite, voam conosco em nossas voltas e passeios durante o dia. Ficamos ansiosas por conversar umas com as outras, comparar notas e nos assegurar de que era tudo verdade mesmo, conforme um a um os aromas e os sons e os nomes de lugares há muito esquecidos voltam aos poucos a nos chamar.

– Vocês não podiam ficar só este ano? – sugeriu o Rato-d'Água, melancólico. – Faremos de tudo para que se sintam em casa. Vocês não têm ideia do quanto nos divertimos enquanto vocês estão longe.

– Já tentei "ficar" um ano – disse a terceira andorinha. – Eu gostava tanto do lugar que, quando chegou a hora, fiquei para trás e deixei que os outros fossem sem mim. Durante algumas semanas tudo pareceu bem, mas depois... Ah, as noites longas! Os dias gelados e sem sol! O ar tão úmido e frio, e sem nenhum inseto! Não, não foi bom; minha coragem se esvaiu, e em uma noite fria de tempestade alcei voo, segui para o interior em razão dos fortes ventos do leste. Nevava muito quando atravessei as grandes montanhas, e eu ainda tinha uma grande batalha pela frente; mas jamais me esquecerei da sensação de felicidade do sol quente batendo novamente em minhas costas quando mergulhei em direção aos lagos tão azuis e tranquilos lá embaixo, e o gosto do meu primeiro inseto gordo! O passado era como um pesadelo; o futuro, férias felizes enquanto eu seguia em direção ao sul semana após semana, tranquila, preguiçosa, ousando demorar o tempo que quisesse, mas sempre atendendo ao chamado! Não, aquele foi meu aviso; nunca mais pensei em desobedecer.

– Ah, sim, o chamado do Sul, do Sul! – gorjearam as duas outras andorinhas, sonhadoras. – Suas canções, seus tons, seu ar radiante! Ah, vocês se lembram... – e, esquecendo que o Rato estava ali, elas se entregaram às lembranças apaixonadas, enquanto ele ouvia fascinado, e seu coração queimava dentro do peito. No fundo, ele sabia que dentro de si também vibrava aquele acorde até então adormecido e ignorado. A simples tagarelice daquelas aves que seguiriam para o sul, seus relatos sem cor e de segunda mão, ainda assim tinham o poder de despertar uma nova sensação selvagem e entusiasmá-lo completamente; o que um instante da experiência real faria com ele – um toque apaixonado do sol do Sul de verdade, um sopro de seu odor autêntico? Com os olhos fechados, ele ousou sonhar por um momento, totalmente entregue, e quando voltou a abrir os olhos o rio parecia severo e frio, os campos verdes, cinzentos e sem luz. Então seu coração leal pareceu gritar acusando seu eu mais fraco de traição.

– Por que vocês voltam, então? – exigiu das andorinhas, ciumento. – O que as atrai neste pobre campo monótono?

– E você acha – respondeu a primeira andorinha – que o outro chamado também não é para nós, na estação devida? O chamado da relva exuberante, dos pomares úmidos, das lagoas mornas e cheias de insetos, do gado pastando, da produção de feno, e das construções agrícolas ao redor?

– Você acha – perguntou a segunda – que é o único animal vivo que anseia por ouvir as notas do cuco novamente?

– Na hora certa – disse a terceira – voltaremos a sentir saudade das flores de lótus deslizando tranquilas pela superfície de um rio inglês. Mas hoje tudo isso parece sem cor e escasso e distante. Neste instante nosso sangue dança ao som de outra canção.

Elas voltaram a tagarelar entre si, e desta vez o balbucio inebriante tratava de mares violentos, areias amareladas e muros cheios de lagartos.

Inquieto, o Rato voltou a se afastar, subiu a encosta que se elevava suavemente da margem norte do rio e se deitou olhando para o grande anel de morros que impediam que ele enxergasse mais ao sul – seu simples horizonte até aqui, suas Montanhas da Lua, seu limite além do qual não havia nada que ele quisesse ver ou conhecer. Hoje, para ele, olhando para o sul com um anseio novo agitando seu coração, o céu claro sobre o horizonte parecia pulsar cheio de promessa; hoje, o desconhecido era tudo, a única verdade da vida. Deste lado das colinas agora ficava o vazio real, do outro lado o panorama agitado e colorido que seu olho interno via com tanta clareza. Que mares se estendiam além, verdes, saltitantes e agitados! Que costas banhadas pelo sol, ao longo de casas brancas reluzindo contra bosques de oliveiras! Que portos tranquilos, cheios de navios imponentes que seguiriam para ilhas púrpura de vinhos e especiarias, ilhas baixas em águas lânguidas!

Ele se levantou e desceu em direção ao rio mais uma vez; então mudou de ideia e seguiu em direção à estrada de terra. Lá, deitado, meio enterrado na sebe fresca e espessa que a margeava, ele poderia pensar sobre a estrada e o mundo maravilhoso a que ela levava; sobre todos os viajantes, também, que podem tê-la pisado, e nos destinos e nas aventuras que buscaram ou encontraram sem buscar... lá, além... além!

Passos soaram em seus ouvidos, e a figura de alguém caminhando lentamente chegou a seus olhos; e ele viu que era um Rato, e bastante empoeirado. O viajante, ao se aproximar dele, o cumprimentou com um gesto de cortesia que tinha algo de estranho, hesitou um instante e então, com um sorriso agradável, saiu da estrada e se sentou ao seu lado na relva fresca. Ele parecia cansado, e o Rato deixou que ele descansasse sem fazer perguntas, entendendo algo do que se passava em seus pensamentos; sabendo, também, o valor que todos os animais dão a momentos de mera companhia silenciosa, quando os músculos cansados relaxam e a mente marca o tempo.

O viajante era esguio e de feições bem definidas, e ombros um tanto curvados; suas patas eram magras e compridas, seus olhos bastante enrugados nos cantos, e ele usava brinquinhos de ouro nas orelhas bem dispostas e formadas. Sua camisa de malha era de um azul desbotado, suas calças, remendadas e manchadas, tinham um fundo também azul, e os poucos pertences que carregava estavam amarrados em um lenço azul de algodão.

Depois de descansar um pouco, o estranho soltou um suspiro, farejou o ar e olhou ao redor.

– É trevo, esse sopro quente na brisa – observou –; e isso que ouvimos rasgando a grama atrás de nós e soprando suavemente entre mastigadas são vacas. Há um som de ceifadeira distante, e ali se ergue uma linha azul de fumaça de chalés contra a floresta. O rio corre nas proximidades, pois estou ouvindo o chamado de uma galinha-d'água, e vejo por sua forma que você é um marinheiro de água doce. Tudo parece adormecido, e ao mesmo tempo em andamento. É uma vida boa a sua, amigo; sem dúvida a melhor vida do mundo, se for forte o suficiente para vivê-la!

– Sim, é A vida, a única vida a se viver – respondeu o Rato-d'Água sonhador, e sem sua convicção absoluta de sempre.

– Não foi exatamente isso que eu disse – respondeu o estranho com cautela –, mas sem dúvida é a melhor. Eu já experimentei, e sei. E porque experimentei, por seis meses, e sei que é a melhor vida, aqui estou, com os pés doloridos e com fome, indo para longe dela, indo para o sul, seguindo o velho chamado, voltando à velha vida, à vida que é minha e que não me larga.

"Então ele é mais um deles?", pensou o Rato.

– E de onde você está vindo? – perguntou. Não ousou perguntar para onde ele estava indo; parecia saber muito bem a resposta.

– De uma bela fazendinha – respondeu o viajante, resumidamente. – Subindo naquela direção – e acenou para o norte. – Mas não importa. Eu tinha tudo o que poderia querer... tudo o que tinha direito de esperar da vida, e mais; e no entanto aqui estou! Ainda assim estou feliz por estar aqui; feliz por estar aqui! Muitos quilômetros ainda a percorrer, muitas horas mais próximo do desejo do meu coração!

Seus olhos reluzentes se fixaram no horizonte, e ele parecia estar ouvindo algum som que faltava naquelas terras do interior, por mais cheia que fosse da música alegre dos pastos e currais.

– Você não é um de NÓS – disse o Rato-d'Água –, nem um fazendeiro; nem mesmo, julgo, deste país.

– Certo – respondeu o estranho. – Sou um rato navegante, é verdade, e o porto de onde venho originalmente é Constantinopla, embora eu seja uma espécie de estrangeiro lá também, por assim dizer. Você já ouviu falar de Constantinopla, amigo? Uma bela cidade, antiga e gloriosa. E talvez também tenha ouvido falar de Sigurd, rei da Noruega, e de como ele navegou para lá com sessenta navios, e como ele e seus homens cavalgaram pelas ruas todos cobertos em honras, em púrpura e dourado; e como o imperador e a imperatriz banquetearam com ele em seu navio. Quando Sigurd voltou para casa, muitos de seus homens do norte ficaram para trás e entraram para a guarda do imperador, e meu ancestral, nascido na Noruega, ficou para trás também, com os navios que Sigurd deu ao imperador. Sempre fomos marinheiros, não é de se admirar; e, quanto a mim, minha cidade de nascimento não é mais meu lar que qualquer porto entre onde estou e o Rio de Londres. Conheço todos, e todos me conhecem. Me deixe em quaisquer de seus cais ou costas, e estou em casa novamente.

– Imagino que faça grandes viagens – disse o Rato-d'Água com um interesse crescente. – Meses e meses sem ver a terra, e as provisões acabando, e a cota de água, e sua mente comungando com o oceano poderoso, esse tipo de coisa?

– De jeito nenhum – disse o Rato do Mar com franqueza. – Essa vida que você descreve não me agradaria em nada. Sou um comerciante costeiro, e raramente fico longe da terra. São os momentos felizes em terra que me atraem, mais que qualquer viagem marinha. Ah, os portos do sul! Seu cheiro, os faróis à noite, o glamour!

– Bom, talvez você tenha escolhido o melhor caminho – disse o Rato-d'Água, mas com alguma desconfiança. – Me conte sobre suas andanças, então, se não se importar, e que tipo de colheita um animal viajante pode esperar levar para casa para aquecer seus últimos dias com memórias galantes em frente à fogueira; pois minha vida, confesso, hoje me parece algo estreita e circunscrita.

– Minha última viagem – começou o Rato do Mar –, que acabou me trazendo para estas terras, com grandes esperanças para minha fazenda no interior, será um bom exemplo e, de fato, um epítome de minha vida supercolorida. Problemas familiares, como sempre, deram início a ela. A tempestade doméstica foi anunciada, e embarquei em um pequeno navio mercante em Constantinopla com destino às Ilhas Gregas e ao Levante, por mares clássicos onde cada onda palpita com uma memória imortal. Foram dias dourados e noites doces! Desembarcando e embarcando em portos o tempo todo... velhos amigos por toda parte... dormindo em um templo fresco ou uma cisterna em ruínas durante o calor do dia... banquetes e canções depois do pôr do sol, sob estrelas brilhantes em um céu de veludo! De lá viramos e subimos o Adriático, sua orla nadando em uma atmosfera âmbar, rosa e verde-água; nos deitamos em portos amplos cercados de terra, vagamos por cidades antigas e nobres, até que finalmente certa manhã, quando o sol se ergueu em sua realeza atrás de nós, chegamos a Veneza por um caminho de ouro. Ah, Veneza é uma bela cidade, onde um Rato pode vagar à vontade e desfrutar a seu bel-prazer! Ou, se cansado de caminhar, pode se sentar à beira do Grande Canal à noite, festejando com os amigos, quando o ar está cheio de música e o céu cheio de estrelas, e as luzes brilham e reluzem nas proas de aço polido das gôndolas oscilantes, tantas que seria possível atravessar o canal por cima delas de uma margem à outra! E a comida... Você gosta de mariscos? Bem, bem, não vamos ficar falando disso agora.

Ele ficou em silêncio por um momento; e o Rato-d'Água, também em silêncio e encantado, flutuou sobre canais de sonho e ouviu uma música fantasmagórica soando alto entre muros cinza nebulosos onde as ondas batiam.

– Por fim, voltamos a navegar para o sul – continuou o Rato do Mar –, descendo a costa italiana, até chegar a Palermo, e lá fiquei por um período longo e feliz em terra firme. Nunca fico tempo demais no mesmo navio; a mente fica limitada e preconceituosa. Além disso, a Sicília é um de meus lugares preferidos. Conheço todo mundo lá, e seus costumes combinam comigo. Passei muitas semanas felizes na ilha, com amigos do interior. Quando voltei a ficar inquieto, aproveitei um navio mercante que ia para a Sardenha e a Córsega; e fiquei muito feliz por sentir a brisa fresca e a maresia em meu rosto mais uma vez.

– Mas não é muito quente e abafado lá na... espera, como você chamou? – perguntou o Rato-d'Água.

O Rato do Mar olhou para ele com a suspeita de uma piscadela.

– Sou macaco velho – ele disse com muita simplicidade. – A cabine do capitão me basta.

– É uma vida difícil, pelo que conta – murmurou o Rato, mergulhado em pensamentos profundos.

– Para a tripulação, sim – respondeu o Rato do Mar, sério, mais uma vez com o indício de uma piscadela. – De Córsega – ele continuou –, peguei um navio que levava vinho ao continente. Chegamos a Alassio à noite, atracamos, levantamos nossos tonéis de vinho e os lançamos ao mar, amarrados um ao outro com uma corda comprida. Então a tripulação seguiu para os botes e remou em direção à praia, cantando enquanto avançavam, e arrastando a longa procissão de tonéis balouçantes, como uma fileira de golfinhos. Na areia havia cavalos esperando, que levaram os tonéis pela rua íngreme da pequena cidade com uma pressa elegante e sonora. Quando o último tonel chegou, fomos nos lavar e descansar, e ficamos até tarde da noite bebendo com nossos amigos, e na manhã seguinte me dirigi ao grande bosque de oliveiras para um encanto e um descanso. Por enquanto, estava cansado de ilhas, e portos e navios abundavam; então levei uma vida preguiçosa entre os camponeses, deitado e observando-os trabalhar, ou espichado no alto da encosta, com o Mediterrâneo azul lá embaixo. Então, por fim, em etapas tranquilas, em parte a pé, em parte por mar, fui a Marselha, ao encontro de velhos companheiros de bordo, e visitando grandes navios no oceano, e festejando mais uma vez. Quanto marisco! Ora, às vezes eu sonho com os mariscos de Marselha e acordo chorando!

– Isso me lembra – disse o Rato-d'Água, educado –, você mencionou que estava com fome, e eu devia ter me manifestado antes. É claro, vai parar e almoçar comigo? Meu buraco fica próximo daqui; passou um pouco do meio-dia, e você poderá desfrutar do que quer que esteja disponível.

– É muita gentileza e camaradagem de sua parte – disse o Rato do Mar. – Eu estava mesmo com fome quando me sentei, e desde que mencionei os mariscos o tormento aumentou muito. Mas será que você não poderia ir buscar? Não gosto muito de entrar em buracos a menos que eu seja obrigado; e então, enquanto comemos, eu podia contar mais sobre minhas viagens e a vida agradável que levo... Para mim, ao menos, é agradável, e por sua atenção julgo que talvez seja recomendável para você; enquanto se entrarmos é quase certo que vou pegar no sono.

– É, de fato, uma excelente sugestão – disse o Rato-d'Água, e correu para casa.

Lá ele pegou a cesta e embalou uma refeição simples, na qual, lembrando-se da origem e das preferências do estranho, incluiu um pão baguete de um metro, uma linguiça com toque de alho, um pouco de queijo de chorar e um frasco de gargalo comprido e coberto de palha de raios de sol engarrafados nas encostas do Sul. Carregado, ele voltou a toda velocidade, e corou de prazer ao ouvir os comentários do Rato do Mar a respeito de seu bom gosto e discernimento quando juntos eles abriram a cesta e dispuseram o conteúdo no gramado à beira da estrada.

O Rato do Mar, assim que sua fome começou a se saciar, continuou a contar a história de sua última viagem, levando seu ouvinte simples de um porto a outro da Espanha, chegando a Lisboa, Porto e Bordeaux, apresentando-o aos portos agradáveis de Cornualha e Devon, e subindo o Canal até o último cais, onde, desembarcando após enfrentar ventos fortes, tempestades e mau tempo, ele percebeu os primeiros sinais mágicos e arautos de mais uma primavera e, por eles atiçado, caminhou apressado para o interior, desejando experimentar a vida em uma fazenda tranquila, bem distante dos golpes cansativos de qualquer mar.

Encantado e vibrando de emoção, o Rato-d'Água seguiu o Aventureiro légua a légua, passando por baías tempestuosas, ancoradouros entulhados, bares de portos com marés agitadas, subindo rios sinuosos que escondiam pequenas cidades em uma curva repentina; e aquilo o deixou com um suspiro de pesar em sua enfadonha fazenda no interior, sobre a qual não queria ouvir nenhuma palavra.

A essa altura, eles já tinham terminado a refeição, e o Rato do Mar, revigorado e fortalecido, a voz vibrante de novo, os olhos reluzindo um brilho que parecia vir de um farol distante, encheu seu copo com a safra vermelha e radiante do Sul, enquanto falava. Aqueles olhos eram do mesmo verde acinzentado da maré espumosa dos mares saltitantes do Norte; no copo reluzia um rubi quente que parecia ser o próprio coração do Sul, batendo por aquele que tivesse a coragem de responder à sua pulsação. As luzes gêmeas, o cinza oscilante e o vermelho resoluto dominaram o Rato-d'Água e o mantiveram envolvido, fascinado, impotente. O mundo tranquilo além daquele brilho foi se afastando até deixar de existir. E a conversa, a conversa maravilhosa seguiu – ou será que era um discurso, ou de tempos em tempos virava o coro dos marinheiros subindo a âncora que gotejava, o zumbido sonoro de uma tempestade, a balada do pescador lançando suas redes no pôr do sol contra um céu cor de pêssego, os acordes de violão e bandolim de uma gôndola? Será que se transformava no choro do vento, lamentoso a princípio, de uma raiva estridente conforme refrescava, subindo até chegar a um assovio dilacerante, mergulhando até chegar a um gotejo musical de ar do estai de uma vela voando? Todos esses sons o ouvinte enfeitiçado parecia ouvir, e com eles a queixa faminta das gaivotas, o trovão suave da onda quebrando, o choro do cascalho a reclamar. E voltava ao discurso, e com um coração palpitante ele seguia as aventuras de uma dúzia de portos, as lutas, as fugas, os comícios, a camaradagem, as peripécias valentes; ou buscava tesouros em ilhas, pescava em lagoas calmas e cochilava o dia todo na areia branca e quente. Ouviu histórias de pescarias em alto--mar e poderosas redes prateadas de mais de um quilômetro; de perigos repentinos, o barulho de ondas quebrando em noites sem luar, ou a proa alta de um grande transatlântico se revelando lá em cima através da névoa; da felicidade da volta ao lar, o promontório arredondado, as luzes do porto se abrindo; os grupos reconhecidos vagamente no cais, o aceno alegre, os respingos da corda; a caminhada pela ruela íngreme em direção ao brilho reconfortante das janelas de cortinas vermelhas.

Por fim, em seu sonho desperto pareceu-lhe que o aventureiro tinha se levantado, mas ainda estava falando, ainda laçando-o firmemente com seus olhos cinza-marinho.

– E agora – ele dizia com a voz suave – pego a estrada novamente, seguindo na direção sudoeste por vários dias longos e empoeirados; até finalmente chegar à cidadezinha de mar cinzento que conheço tão bem, que se estende por uma margem íngreme do porto. Lá, através de portas escuras, avistamos relances de escadarias de pedras descendo, recobertos por tufos rosados de valeriana e terminando em uma mancha de água azul. Os barquinhos amarrados às argolas e aos postes do velho paredão têm cores alegres como aqueles em que embarquei e desembarquei na infância; os salmões saltam na maré cheia, cardumes de cavalas brilham ao passar brincando pelas margens do cais e pela costa, e pelas janelas grandes navios deslizam, noite e dia, até o ancoradouro ou em direção ao mar aberto. Lá, cedo ou tarde, chegam navios de todas as nações marítimas; e lá, na hora certa, o navio de minha escolha levantará sua âncora. Vou manter a calma, não me apressar e esperar, até que finalmente a embarcação certa esteja a esperar por mim, distorcida pela corrente, carregada, o gurupés apontando para o porto. Vou subir a bordo, de barco ou pela corda; então certa manhã vou acordar com o canto e os ruídos dos marinheiros, o tilintar do cabrestante, o crepitar da corrente da âncora subindo alegre. Vamos içar a bujarrona e a vela, as casas brancas ao lado do porto vão passar deslizando lentamente por nós quando o leme apontar o caminho, e a viagem terá início! Ao avançar em direção ao cabo, a embarcação vai se vestir de lona; e então, em mar aberto, soarão os grandes mares verdes quando ela se entregar ao vento, em direção ao Sul! E você, você vem também, jovem irmão; pois os dias passam, e nunca voltam, e o Sul ainda espera por você. Aceite a Aventura, atenda ao chamado, agora, antes que o instante passe! Apenas uma batida à porta atrás de você, um passo livre à frente, e você sairá da vida velha e entrará na nova! Então, algum dia, algum dia daqui a muito tempo, corra de volta para casa se quiser, quando a taça secar e o jogo terminar, e sente-se à beira do seu rio tranquilo com um estoque de boas lembranças como companhia. Você pode facilmente me alcançar na estrada, pois é jovem, e eu estou envelhecendo e sigo lentamente. Vou demorar, e olhar para trás; e enfim certamente o verei vindo, ansioso e alegre, com todo o Sul em seu rosto!

A voz se esvaiu e cessou como o minúsculo zumbido de um inseto se esvai lentamente até silenciar; e o Rato-d'Água, paralisado e com o olhar fixo, viu nada mais que um ponto distante na superfície branca da estrada.

Mecanicamente, ele se levantou e começou a guardar as coisas na cesta, com cuidado e sem pressa. Mecanicamente, ele voltou para casa, reuniu alguns itens necessários e tesouros que lhe eram caros, e colocou-os em uma bolsa; agindo com uma deliberação lenta, movimentando-se pela sala como um sonâmbulo; ouvindo sempre com os lábios entreabertos. Ele pendurou a bolsa no ombro, escolheu com atenção um pedaço de pau robusto para sua caminhada e, sem pressa, mas também sem nenhuma hesitação, atravessou a soleira no mesmo instante em que a Toupeira apareceu à porta.

– Ora, para onde você está indo, Ratinho? – perguntou a Toupeira muito surpresa, pegando-o pelo braço.

– Estou indo para o Sul, com os outros – murmurou o Rato em uma voz monótona e sonhadora, sem olhar para ela. – Primeiro em direção ao mar e depois, à bordo de uma embarcação, para os litorais que estão me chamando!

Ele avançou resoluto, ainda sem pressa, mas com uma firmeza de propósito obstinada; mas a Toupeira, agora completamente alarmada, se colocou diante dele, e olhando em seus olhos viu que estavam vidrados e fixos e assumindo um tom de cinza raiado e inconstante – não eram os olhos de seu amigo, mas de algum outro animal! Agarrando-o com força ela o arrastou para dentro, jogou-o no chão e segurou-o.

O Rato resistiu desesperadamente por alguns instantes, então sua força de repente pareceu se esvair, e ele ficou imóvel e exausto, com os olhos fechados, tremendo. A Toupeira logo o ajudou a levantar e o colocou em uma cadeira, onde ele ficou jogado e encolhido, o corpo sacudindo em um tremor violento, que aos poucos se transformou em um ataque histérico de choro seco. A Toupeira fechou a porta, jogou a bolsa em uma gaveta e a trancou, e se sentou em silêncio à mesa ao lado do amigo, esperando que o ataque estranho passasse. Aos poucos o Rato mergulhou em um cochilo perturbado, interrompido por sobressaltos e murmúrios confusos sobre coisas que pareciam estranhas e selvagens e estrangeiras à Toupeira não informada; e daí mergulhou em um sono profundo.

Muito ansiosa, a Toupeira o deixou por um instante e se ocupou com tarefas domésticas; e estava escurecendo quando ela voltou à sala e encontrou o Rato no mesmo lugar, bem desperto, mas apático, quieto e abatido. Ela deu uma olhada rápida nos olhos do amigo; achou-os, para sua grande satisfação, brilhantes e marrom-escuros como antes; então sentou-se e tentou animá-lo e ajudá-lo a contar o que tinha acontecido.

O pobre Ratinho fez o possível, aos poucos, para explicar as coisas; mas como ele poderia colocar em palavras o que fora em grande parte apenas sugestão? Como relembrar, em benefício de outrem, as vozes do mar assombrado que cantaram para ele, como reproduzir de segunda mão a magia das cem reminiscências do Marinheiro? Até para si mesmo, agora que o feitiço se quebrara e o glamour se fora, ele achava difícil explicar aquilo que parecera, algumas horas antes, algo inevitável e único. Não é de se surpreender, então, que ele não tenha conseguido transmitir à Toupeira uma ideia clara daquilo que vivera naquele dia.

Para a Toupeira, isto era claro: o ataque, ou crise, tinha passado, e ele estava são novamente, embora abalado e abatido pela reação. Mas parecia ter perdido qualquer interesse pelo tempo dedicado às coisas que constituíam sua vida diária, assim como por qualquer previsão agradável dos dias e das atividades diferentes que a nova estação certamente traria.

Casualmente, então, e com aparente indiferença, a Toupeira direcionou a conversa para a colheita que estava em curso, as carroças altíssimas e as equipes esforçadas, as pilhas cada vez maiores e a luz grande surgindo sobre os acres nus pontilhados com feixes de grãos.

Falou das maçãs cada vez mais vermelhas ao redor, das nozes marrons, de geleias e conservas e da destilação de bebidas; até que, passando por estágios tranquilos como esses, ela chegou ao solstício de inverno, suas alegrias e a vida doméstica confortável, e depois disso sua fala ficou simplesmente lírica.

Aos poucos, o Rato começou a se ajeitar na cadeira e participar. Seus olhos abatidos brilharam, e ele perdeu um pouco da postura calada.

Logo a delicada Toupeira saiu de fininho e voltou com um lápis e algumas folhas de papel pela metade, que colocou sobre a mesa ao lado do cotovelo do amigo.

– Faz tanto tempo que você não escreve poesia – comentou. – Podia tentar esta noite, em vez de... bem, ficar tão cismado com as coisas. Acho que você vai se sentir muito melhor depois que rabiscar algumas coisas... nem que sejam apenas rimas.

O Rato afastou os papéis, cansado, mas a discreta Toupeira deixou o cômodo, e, quando espiou novamente um tempo depois, o Rato estava absorto e surdo para o mundo; rabiscando e mordendo a ponta do lápis. É verdade que ele mordia muito mais que rabiscava; mas era uma alegria para a Toupeira saber que a cura finalmente estava começando.

Mais aventuras do Sapo

A porta da frente da árvore oca dava para o leste, então o Sapo despertou cedo; em parte pelo sol forte brilhando sobre ele, em parte pelo frio excessivo em seus pés, que fez com que ele sonhasse que estava em casa deitado em seu belo quarto com a janela Tudor, em uma noite fria de inverno, e as roupas de cama tinham se levantado, resmungado e reclamado que não aguentavam mais o frio, e corrido escada abaixo até o fogo da cozinha para se aquecerem; e ele as seguira, descalço, percorrendo quilômetros e quilômetros de corredores gelados, argumentando e suplicando que recobrassem a razão. Ele provavelmente teria acordado muito antes, se não tivesse passado semanas dormindo em um colchão de palha sobre um chão de pedra e quase esquecido a sensação amigável de um cobertor grosso puxado até o queixo.

Sentando-se, esfregou os olhos primeiro e depois os pés queixosos, por um instante se perguntando onde estava, olhando ao redor procurando por uma parede de pedra familiar e uma janelinha gradeada; então, seu coração deu um salto, e ele se lembrou de tudo – da fuga, da perseguição; lembrou-se, primeiro e mais importante, que estava livre!

Livre! Só essa palavra e esse pensamento valiam cinquenta cobertores. Ele se aqueceu da cabeça aos pés ao pensar na alegria do mundo aqui fora, que esperava ansiosamente que ele fizesse sua entrada triunfal, pronto para servi-lo e brincar com ele, ansioso para ajudá-lo e fazer-lhe companhia, como acontecia antigamente antes que o infortúnio caísse sobre ele. Ele se sacudiu e tirou as folhas secas do pelo com os dedos; e, após fazer a toalete, marchou em direção ao sol confortável da manhã, com frio mas confiante, com fome mas esperançoso, todos os medos e ansiedades do dia anterior dissipados pelo descanso e pelo sono e pelo sol franco e encorajador.

Ele tinha o mundo inteiro só para si, naquela manhã de verão. A floresta coberta de orvalho, à medida que ele avançava, era solitária e tranquila: os campos verdes que ficavam além das árvores eram só dele e ele podia fazer o que quisesse; a própria estrada, quando chegou a ela, naquela solidão que estava por toda parte, parecia, como um cachorro de rua, ansiosa por companhia. O Sapo, no entanto, procurava algo que pudesse falar, e dizer a ele com clareza que caminho seguir. Tudo está muito bem quando se tem um coração leve, e uma consciência tranquila e dinheiro no bolso, e ninguém vasculhando o país atrás de você para arrastá-lo de volta para a prisão, e é possível seguir para onde a estrada leva, sem se importar. O prático Sapo se importava muito, e seria capaz de chutar a estrada por seu silêncio inútil quando cada minuto era crucial para ele.

À estrada rústica e reservada logo se juntou um irmão mais novo e tímido, no formato de um canal, que pegou sua mão e passou a caminhar ao seu lado com uma confiança perfeita, mas com a mesma atitude calada e pouco comunicativa em relação a estranhos.

– Que se danem! – disse o Sapo a si mesmo. – Mas, de qualquer forma, uma coisa é certa. Eles devem estar vindo DE algum lugar, e indo PARA algum lugar. Não há como fugir disso. Sapo, meu garoto!

E ele seguiu avançando pacientemente à beira da água.

Acompanhando uma curva do canal, um cavalo solitário veio se arrastando, inclinando-se para a frente como se estivesse pensando profundamente. De vestígios de corda presos ao seu pescoço saía uma corda comprida, tesa, mas que se movimentava com seus passos, e da qual caíam gotas peroladas. O Sapo deixou o cavalo passar, e ficou aguardando o que o destino lhe enviava.

Com um redemoinho agradável de água tranquila em sua proa cega, a barcaça passou ao seu lado deslizando, a amurada em cores alegres à mesma altura da margem, sua única ocupante, uma mulher grande e robusta com um chapéu de linho, um braço musculoso estendido sobre o leme.

– Uma bela manhã, senhora! – ela disse ao Sapo, ao alcançá-lo.

– Eu que o diga, senhora! – respondeu o Sapo, educado, enquanto avançava pela margem ao lado dela. – Ouso dizer que É uma bela manhã para aqueles que não estão com problemas, como eu. Eis que minha filha casada me pede que eu vá até ela de pronto; então lá vou eu, sem saber o que pode estar acontecendo ou para acontecer, mas temendo o pior, como sei que vai entender, senhora, caso também seja mãe. E deixei meu negócio sozinho... sou lavadeira, a senhora deve saber, e deixei meus filhos pequenos cuidando uns dos outros, e não existe grupo de jovens diabinhos mais travessos que eles, senhora; e perdi todo o meu dinheiro, e me perdi, e quanto ao que pode estar acontecendo com minha filha casada, bem, eu não quero nem pensar, senhora!

– Onde sua filha casada mora, senhora? – perguntou a mulher na barcaça.

– Perto do rio, senhora – respondeu o Sapo. – Perto de uma bela casa chamada Salão do Sapo, que fica em algum lugar por aqui. Talvez a senhora já tenha ouvido falar.

– Salão do Sapo? Ora, estou indo para lá – respondeu a mulher na barcaça. – Este canal vai dar no rio em alguns quilômetros, logo acima do Salão do Sapo; dali é uma caminhada breve. Suba na barcaça comigo, eu lhe dou uma carona.

Ela levou a barcaça próximo à margem, e o Sapo, cheio de agradecimentos humildes, subiu a bordo ligeiro e sentou-se com grande satisfação. "A sorte do Sapo voltou!", ele pensou. "Sempre saio por cima!"

– Então a senhora é lavadeira? – perguntou a barqueira, com educação, enquanto deslizavam pelas águas. – Deve ter um negócio muito bom, ouso dizer, se não for muita intromissão de minha parte.

– O melhor negócio do país inteiro – disse o Sapo, alegre. – Toda a pequena nobreza me procura... não procurariam outra nem que recebessem por isso, pois me conhecem muito bem. Veja, eu conheço muito bem o trabalho, e eu mesma cuido de tudo. Lavar, passar, engomar, preparar as camisas dos cavalheiros para a noite... tudo é feito sob meus próprios olhos!

– Mas certamente a senhora não FAZ todo o trabalho sozinha? – perguntou a barqueira, respeitosamente.

– Ah, eu tenho garotas – respondeu o Sapo, despreocupado. – Vinte garotas mais ou menos, sempre trabalhando. Mas a senhora sabe como são as GAROTAS! Muito levadas, é o que eu acho!

– Eu também – disse a barqueira, muito sincera. – Mas ouso dizer que a senhora corrige as suas, as preguiçosas! E a senhora gosta muito de lavar?

– Eu amo – disse o Sapo. – Simplesmente amo! Nunca fico mais feliz do que quando estou com os dois braços no balde. Mas, também, é tão natural para mim! Nenhum percalço! Um prazer, eu garanto à senhora!

– Que sorte encontrá-la! – comentou a barqueira, pensativa. – Uma grande sorte para nós duas!

– Ora, por que diz isso? – perguntou o Sapo, nervoso.

– Bem, olhe para mim – respondeu a barqueira. – Eu gosto de lavar, também, tanto quanto você; aliás, ainda que não gostasse, tenho de fazer tudo sozinha, naturalmente, uma vez que me mudo tanto. Agora, meu marido, ele está sempre se esquivando do trabalho e deixando a barcaça para mim, que não tenho nem um minuto para cuidar das minhas coisas. Ele devia estar aqui agora, conduzindo ou cuidando do cavalo, embora por sorte o cavalo seja capaz de cuidar de si mesmo. Em vez disso, ele saiu com o cão, para ver se conseguem pegar um coelho em algum lugar para o jantar. Disse que me encontra na próxima eclusa. Bem, que seja... não confio nele, quando ele sai com aquele cão, que é ainda pior. Mas, enquanto isso, como vou lavar as coisas?

– Ah, não se importe com isso – disse o Sapo, que não estava gostando do assunto. – Tente se concentrar no coelho. Um belo coelho jovem e gordo, tenho certeza. A senhora tem cebolas?

– Só consigo pensar nas coisas que tenho para lavar – disse a barqueira –, e me espanta que a senhora esteja falando de coelhos, com uma possibilidade tão alegre diante de seus olhos. Há uma pilha de coisas minhas em um canto na cabine. Se puder pegar apenas uma ou duas das mais necessárias, não vou ousar descrevê-las para a senhora, mas vai reconhecê-las de pronto... e lavá-las enquanto avançamos, ora, seria um prazer para a senhora, como bem disse, e uma grande ajuda para mim. Encontrará um balde à mão, e sabão, e uma chaleira no fogo, e um balde para pegar a água do canal também. Assim saberei que está se divertindo, em vez de ficar aqui sentada sem fazer nada, olhando a paisagem e bocejando.

– Aqui, deixe-me guiar – disse o Sapo, agora completamente intimidado – e pode lavar suas coisas do jeito que gosta. Posso estragar suas coisas, ou não lavá-las como a senhora gosta. Estou mais acostumada com roupas masculinas. É minha especialidade.

– Deixar que a senhora guie? – respondeu a barqueira, rindo. – É preciso prática para guiar um barco como este. Além do mais, é um trabalho maçante, e quero que a senhora fique feliz. Não, vá lavar, já que gosta tanto, e eu guio, pois sei fazê-lo. Não tente me privar do prazer de proporcionar essa alegria à senhora!

O Sapo ficou muito preocupado. Procurou uma saída, por aqui e por ali, viu que estava muito distante da margem para um salto, e de repente se resignou a seu destino. "Já que chegou a isso", pensou, desesperado, "imagino que qualquer idiota consiga LAVAR!".

Ele pegou balde, sabão e outros itens necessários da cabine, selecionou algumas peças aleatoriamente, tentou se lembrar do que já vira ao olhar pelas janelas das lavanderias, e começou.

Meia hora se passou, e a cada minuto o Sapo ia ficando mais irritado. Nada que ele fizesse parecia fazer bem às roupas. Ele tentou esfregá-las, batê-las, socá-las; elas sorriam de volta para ele inalteradas, felizes em seu pecado original. Uma ou duas vezes ele olhou nervoso para a barqueira por sobre o ombro, mas ela parecia olhar à frente, guiando a barcaça absorta. As costas do Sapo doíam muito, e ele percebeu, consternado, que suas patas começavam a ficar enrugadas. Veja, o Sapo tinha muito orgulho de suas patas. Ele resmungou baixinho palavras que jamais deveriam passar pelos lábios de uma lavadeira nem de um Sapo; e perdeu o sabão, pela quinquagésima vez. Uma gargalhada fez com que ele se levantasse e olhasse em volta. A barqueira estava jogada no assento rindo sem parar, até lágrimas escorrerem por seu rosto.

– Fiquei o tempo todo de olho em você – ela arfou. – Desde o início achei que era um farsante, pelo modo presunçoso como falava. Bela lavadeira, você! Nunca lavou nem um pano de prato na vida, aposto!

O humor do Sapo, que já estava fervendo havia algum tempo, nessa hora explodiu, e ele perdeu todo o controle.

– Sua barqueira vulgar e GORDA! – ele gritou. – Não ouse falar assim com quem lhe é superior! Lavadeira! Saiba a senhora que sou um Sapo, um Sapo muito conhecido, respeitado e distinto! Eu posso estar em um mau momento, mas NÃO serei ridicularizado por uma barqueira!

A mulher se aproximou dele e olhou atentamente sob seu gorro.

– Ora, não é que é mesmo! – ela gritou. – Minha nossa! Um Sapo horrível, nojento e rastejante! E em minha barcaça limpa! Isso eu NÃO admito.

Ela largou o timão por um instante. Um braço grande e sarapintado disparou e pegou o sapo pela pata dianteira, enquanto o outro agarrou-o ligeiro pela pata traseira. Então o mundo de repente virou de cabeça para baixo, a barcaça pareceu voar levemente pelo céu, o vento soprou em seus ouvidos, e o Sapo se viu voando pelo ar, girando rápido enquanto avançava.

A água, quando ele finalmente caiu com um estrondo, estava bem fria para o seu gosto, embora o gelo não fosse suficiente para acalmar seu gênio orgulhoso, ou aplacar o calor de seu humor furioso. Ele subiu à superfície cuspindo água e, ao tirar as lentilhas-d'água dos olhos, a primeira coisa que viu foi a barqueira gorda olhando para trás por sobre o timão da barcaça que se afastava e rindo; e ele jurou, tossindo e se engasgando, se vingar dela.

Ele nadou em direção à margem, mas o vestido de algodão atrapalhava muito seus esforços, e, quando finalmente chegou à terra firme, teve dificuldade para subir a margem íngreme sem ajuda. Precisou descansar um ou dois minutos para recuperar o fôlego; então, juntando a saia molhada com os braços, começou a correr atrás da barcaça o mais rápido que suas pernas podiam levá-lo, louco de indignação, sedento por vingança.

A barqueira ainda estava rindo quando ele a alcançou.

– Passe pelo seu espremedor de roupa, lavadeira – ela gritou –, e passe seu rosto a ferro, e talvez passe por um Sapo decente!

O Sapo não parou para responder. Uma vingança sólida era o que ele queria, não triunfos verbais baratos e vazios, embora tivesse algumas coisas na cabeça que gostaria de dizer. Ele viu o que queria à sua frente. Correndo ligeiro, alcançou o cavalo, soltou a corda que o ligava ao barco, saltou levemente sobre suas costas e incitou-o a galopar chutando-o com vontade nas laterais. Guiou-o em direção ao campo aberto, abandonando o caminho à beira do rio, e fazendo o corcel correr por uma estrada esburacada. Ele olhou para trás e viu que a barcaça havia encalhado do outro lado do canal, e a barqueira gesticulava loucamente e gritava:

– Pare, pare, pare!

– Já ouvi essa música antes – disse o Sapo, rindo e ainda incitando o corcel a seguir em frente.

O cavalo não era capaz de um esforço muito constante, e seu galope logo diminuiu para um trote, e o trote para uma caminhada tranquila; mas o Sapo já estava bastante satisfeito, sabendo que, de qualquer forma, estava indo em frente, e a barcaça não. Já tinha quase recuperado o humor por completo, após ter feito algo que achava muito esperto; e ficou satisfeito por cavalgar tranquilamente ao sol, conduzindo o cavalo por atalhos e trilhas, e tentando esquecer quanto tempo já tinha se passado desde sua última refeição completa, até se afastar consideravelmente do canal.

Já tinha avançado alguns quilômetros, ele e seu cavalo, e começava a se sentir sonolento ao sol, quando o cavalo parou, baixou a cabeça e começou a mordiscar a grama; e o Sapo, despertando, evitou a queda com algum esforço. Ele olhou ao redor e viu que estava em uma grande área pública, pontilhada de tojos e amora-silvestre por toda a sua extensão. Perto dele havia uma carroça cigana encardida, e ao lado da carroça um homem estava sentado sobre um balde virado com a abertura para baixo, muito ocupado fumando e olhando para o vasto mundo. Uma fogueira de gravetos ardia ali perto, e sobre o fogo pendia uma panela de ferro, e da panela saíam borbulhas e gorgolejos, e um vapor suave e sugestivo. E também aromas – aromas quentes, ricos e variados –, que se entrelaçavam e se retorciam e finalmente se envolviam em um aroma completo, voluptuoso e perfeito que parecia ser a alma da Natureza tomando forma e se apresentando a seus filhos, uma verdadeira

Deusa, uma mãe de consolo e conforto. O Sapo agora sabia bem que não estava com fome de verdade antes. O que sentira no início do dia fora mero desconforto. Isto era fome de verdade, sem dúvida; e teria de ser resolvida logo, ou alguém ou alguma coisa teria problemas. Ele analisou o cigano com atenção, se perguntando se seria mais fácil lutar contra ele ou adulá-lo. Então ficou ali, farejando e farejando, e olhando para o cigano; e o cigano ficou ali, fumando e olhando para ele.

Logo o cigano tirou o cachimbo da boca e perguntou despreocupado:

– Quer vender esse seu cavalo?

O Sapo foi pego de surpresa. Ele não sabia que os ciganos eram dados a negociar cavalos, e nunca perdiam uma oportunidade, e ele nunca tinha reparado que as carroças estavam sempre em movimento e precisavam ser puxadas. Ele não tinha pensado em transformar o cavalo em dinheiro, mas a sugestão do cigano parecia abrir caminho para as duas coisas que ele queria tanto: dinheiro fácil e um bom café da manhã.

– O quê? – ele disse. – Eu, vender este belo cavalo? Ah, não; está fora de questão. Quem vai levar a roupa lavada para meus clientes toda semana? Além disso, gosto demais dele, e ele simplesmente me ama.

– Tente amar um burro – sugeriu o cigano. – Algumas pessoas amam.

– Você não está entendendo – continuou o Sapo – que este meu belo cavalo é muito superior. É um cavalo de raça, em parte; não a parte que você vê, é claro... outra parte. E já foi premiado, em seus bons tempos... antes de você conhecê-lo, mas ainda dá para perceber com um olhar, para quem entende um pouco de cavalos. Não, não vou nem pensar nisso. Além do mais, quanto você estaria disposto a me oferecer por este meu belo e jovem cavalo?

O cigano analisou o cavalo, e então analisou o Sapo com a mesma atenção, e voltou a olhar para o cavalo.

– Um xelim cada perna – disse simplesmente, e se virou, e continuou fumando e tentando olhar para o vasto mundo, desgostoso.

– Um xelim cada perna? – exclamou o Sapo. – Por favor, preciso de um tempo para pensar, e ver o que isso dá.

Ele desceu do cavalo, deixando-o pastar, sentou-se ao lado do cigano, somou nos dedos e finalmente disse:

– Um xelim cada perna? Ora, isso dá exatamente quatro xelins, não mais que isso. Ah, não; eu nem pensaria em aceitar quatro xelins por este meu belo e jovem cavalo.

– Bem – disse o cigano. – Vou fazer o seguinte. Vou oferecer cinco xelins, e isso é muito mais do que esse animal vale. É minha última oferta.

Então o Sapo pensou longa e profundamente. Ele estava com fome e sem um centavo, e ainda estava distante – não sabia o quanto – de casa, e inimigos ainda podiam estar atrás dele. Para alguém nessa situação, cinco xelins pode mesmo parecer uma boa quantia de dinheiro. Por outro lado, não parecia muito a se ganhar por um cavalo. Mas, ao mesmo tempo, o cavalo não lhe custara nada; então o que quer que conseguisse por ele seria puro lucro. Por fim, ele disse, com firmeza:

– Escute aqui, cigano! Eu digo o que vamos fazer; esta é a MINHA última oferta. Você vai me dar seis xelins e seis pence, em dinheiro vivo; então, além do dinheiro, vai me dar tanto quanto eu for capaz de comer, em uma sentada, é claro, dessa sua panela de ferro que não para de exalar aromas tão deliciosos e incitantes. Em troca, eu lhe darei meu jovem e intrépido cavalo, com todos os belos arreios que estão nele, de cortesia. Se não for bom para você, diga, e eu vou seguir viagem. Conheço um homem perto daqui que há anos quer esse meu cavalo.

O cigano resmungou muito, e disse que se fechasse mais alguns negócios como aquele estaria arruinado. Mas acabou tirando um saco de lona sujo do fundo do bolso da calça, e contou seis xelins e seis pence e colocou na pata do Sapo. Então ele desapareceu dentro da carroça por um instante e voltou com um prato grande de ferro e uma faca, um garfo e uma colher. Virou a panela e um fluxo glorioso de ensopado quente e espesso borbulhou no prato. Era, de fato, o ensopado mais bonito do mundo, feito de perdizes, e faisões, e galinhas, e lebres, e coelhos, e pavoas, e galinhas-d'angola e uma ou duas outras coisas. O Sapo colocou o prato no colo, quase chorando, e comeu, e comeu, e comeu, e não parava de pedir mais, e o cigano não negou nenhuma vez. Ele pensou que nunca tinha tomado um café da manhã tão bom na vida.

Quando o Sapo já tinha comido todo o ensopado que achava poder aguentar, ele se levantou e se despediu do cigano, e do cavalo com carinho; e o cigano, que conhecia bem a margem do rio, orientou-o quanto ao caminho a seguir, e ele retomou a viagem com o melhor ânimo possível. Era, de fato, um Sapo muito diferente do animal de uma hora antes. O sol brilhava forte, suas roupas já estavam quase secas, ele tinha dinheiro no bolso mais uma vez, estava se aproximando do lar e dos amigos e da segurança e, mais importante que tudo isso, tinha feito uma boa refeição, quente e nutritiva, e se sentia grande, e forte, e destemido, e confiante.

Enquanto caminhava alegremente, pensou em suas aventuras e fugas, e em como, quando as coisas pareciam estar péssimas, ele sempre conseguira encontrar uma saída; e seu orgulho e sua presunção começaram a crescer.

– Ah! – disse a si mesmo enquanto marchava em frente com o queixo erguido. – Que Sapo esperto eu sou! Certamente não há animal que se iguale a mim em esperteza em todo o mundo! Meus inimigos me trancam na prisão, cercado de sentinelas, vigiado dia e noite por carcereiros; eu saio passando por todos eles, por pura habilidade combinada com coragem. Eles me perseguem com motores, e policiais, e revólveres; eu estalo os dedos e desapareço, rindo, no espaço. Sou, infelizmente, jogado em um canal por uma mulher de corpo gordo e de mente perversa. E daí? Nado até a margem, tomo seu cavalo, vou embora cavalgando triunfante e vendo o cavalo por um punhado de dinheiro e um café da manhã excelente! Ah! Eu sou o Sapo, o belo, o popular, o bem-sucedido Sapo!

    Ele ficou tão cheio de vaidade que foi inventando uma música enquanto caminhava, exaltando a si mesmo, e cantava a plenos pulmões, embora não houvesse ninguém além dele mesmo para ouvir. Era, possivelmente, a canção mais presunçosa que um animal já compôs.

O mundo já teve grandes heróis,
Mas agora é tudo papo;
Nunca houve um homem de tanto renome
Que se comparasse ao Sapo!

Os sábios lá em Oxford
Conhecem cada saca-trapo.
Mas nenhum deles jamais viu alguém
Inteligente como o senhor Sapo!

Os animais da arca só choravam,
Mereciam um sopapo.
Quem foi que disse, "Terra à vista?"
O corajoso senhor Sapo!

O exército todo a saudar
Ao avistar o guapo.
Era o Rei? Ou quem sabe um nobre?
Não, não. Era o senhor Sapo.

A rainha com as damas à janela
Bordando um guardanapo.
"Mas quem é aquele belo homem?"
Responderam, "É o senhor Sapo".

Havia muitos outros versos como esses, mas presunçosos demais para serem registrados aqui. Esses são os mais suaves.

Ele cantava enquanto caminhava, e caminhava enquanto cantava, e foi ficando mais cheio de si a cada minuto. Mas seu orgulho logo despencaria.

Depois de alguns quilômetros de estradas rurais, ele chegou à rodovia e, ao entrar nela e olhar em frente, enxergou um cisco se aproximando, que virou um ponto, que virou um borrão, que virou algo muito familiar; e um aviso sonoro, que ele conhecia muito bem, soou em seu ouvido encantado.

– É algo familiar! – disse o Sapo, animado. – É a vida real de novo, é de novo o mundo maravilhoso que me faz falta há tanto tempo! Vou saudá-los, meus irmãos de roda, e passar-lhes a conversa, como as que me trouxeram até aqui; e eles vão me dar uma carona, é claro, e vamos conversar um pouco mais; e, talvez, com sorte, eu posso mesmo chegar ao Salão do Sapo em um automóvel! O Texugo vai ver só!

Ele deu um passo confiante em direção à estrada para acenar para o carro, que vinha a uma velocidade moderada e foi desacelerando conforme se aproximava; de repente, ele ficou muito pálido, seu coração disparou, seus joelhos tremeram e cederam, e ele desabou com uma dor dilacerante por dentro. E não era sem razão, o pobre animal; pois o carro que se aproximava era o mesmo que ele havia roubado no pátio do Hotel Leão Vermelho naquele dia fatídico em que todos os seus problemas começaram! E as pessoas nele eram as mesmas pessoas que ele vira enquanto almoçava no salão!

Ele se afundou virando um montinho miserável na estrada, resmungando para si mesmo em desespero:

– Acabou! É o fim de tudo! Correntes e policiais de novo! Prisão de novo! Pão seco e água de novo! Ah, como eu fui tolo! O que eu queria saindo por aí, cantando músicas presunçosas e acenando para as pessoas em plena luz do dia na estrada, em vez de me esconder até que a noite caísse e ir para casa quietinho por caminhos secundários! Ah, pobre Sapo! Ah, infeliz animal!

O automóvel foi se aproximando lentamente, até que por fim o Sapo o ouviu parar pertinho dele. Dois cavalheiros saíram e caminharam em volta da pilha trêmula e amarrotada de tristeza na estrada, e um deles disse:

– Ah, senhor! Isso é muito triste! É uma pobrezinha... uma lavadeira, pelo que parece... desmaiada na estrada! Talvez ela tenha sido vencida pelo calor, pobre criatura; ou talvez não tenha comido hoje. Vamos colocá-la no carro e levá-la até a vila mais próxima, onde ela certamente tem amigos.

Eles colocaram o Sapo com gentileza no automóvel, apoiando-o em almofadas macias, e seguiram em frente.

Quando o Sapo ouviu que conversavam de modo tão gentil e solidário, e soube que não fora reconhecido, sua coragem começou a renascer e, com cuidado, ele abriu primeiro um olho e depois o outro.

– Vejam! – disse um dos cavalheiros. – Ela já está melhor. O ar fresco está lhe fazendo bem. Como está se sentindo, senhora?

– Muito obrigada, senhor! – disse o Sapo com uma voz fraca. – Estou me sentindo muito melhor.

– Que bom – disse o cavalheiro. – Agora fique quietinha e, acima de tudo, não tente falar.

– Não vou tentar – disse o Sapo. – Eu só estava pensando, se eu pudesse me sentar no banco dianteiro ali, ao lado do motorista, onde o ar fresco atingisse meu rosto em cheio, eu logo ficaria bem.

– Que mulher sábia! – disse o cavalheiro. – É claro que sim.

E, com muito cuidado, eles ajudaram o Sapo a passar para o banco da frente, ao lado do motorista, e mais uma vez seguiram em frente.

O Sapo já estava quase completamente recuperado. Ele se ajeitou no banco, olhou em volta e tentou vencer os tremores, os anseios, os velhos desejos que ressurgiam e o envolviam e o dominavam completamente.

– É o destino! – disse a si mesmo. – Por que sofrer? Por que lutar? – e virou para o motorista ao seu lado. – Por favor, senhor – disse –, eu gostaria muito que o senhor me deixasse tentar dirigir o carro um pouquinho. Estive observando o senhor atentamente, e parece tão fácil e interessante, e eu gostaria de poder dizer aos meus amigos que um dia dirigi um automóvel!

O motorista riu com tanto entusiasmo da proposta que o cavalheiro perguntou o que estava acontecendo. Ao ouvir a resposta, disse, para satisfação do Sapo:

– Bravo, senhora! Gosto da sua coragem. Deixe-a tentar, e fique cuidando. Ela não vai fazer nenhum mal.

O Sapo saltou com entusiasmo para o banco do motorista, colocou as mãos no volante, ouviu as instruções com uma humildade fingida e deu a partida, mas bem devagar e com cuidado no início, pois estava determinado a ser prudente.

Os cavalheiros no banco de trás aplaudiram, e o Sapo ouviu-os dizer:

– Como ela vai bem! Imagine, uma lavadeira dirigindo um carro tão bem assim, pela primeira vez!

O Sapo acelerou um pouco; e acelerou ainda mais; e mais.

Ele ouviu os cavalheiros clamarem alarmados:

– Cuidado, lavadeira!

E isso o irritou, e ele começou a perder a cabeça.

O motorista tentou interferir, mas o Sapo o imobilizou com um cotovelo, e pisou fundo no acelerador. A lufada de ar em seu rosto, o ronco do motor e o leve salto do carro inebriaram seu fraco cérebro.

– Lavadeira! – ele gritou, imprudente. – Ah! Eu sou o Sapo, o ladrão de automóveis, o fugitivo, o Sapo que sempre escapa! Fiquem quietos, e saberão o que é dirigir de verdade, pois estão nas mãos do famoso, do habilidoso, do destemido Sapo!

Com um grito de horror, o grupo se levantou e se lançou contra ele.

– Peguem-no! – gritavam. – Peguem o Sapo, o animal perverso que roubou nosso automóvel! Prendam-no, acorrentem-no, arrastem-no até a delegacia mais próxima! Abaixo o Sapo desesperado e perigoso!

Ai de mim! Eles deviam ter pensado, deviam ter sido mais prudentes, deviam ter se lembrado de parar o automóvel de alguma forma antes de brincar daquela maneira. Com meia-volta do volante, o Sapo jogou o carro contra a sebe baixa que margeava a estrada. Um salto forte, um choque violento, e as rodas do carro agora agitavam a lama grossa de um charco.

O Sapo voou pelo ar com o ímpeto e a curva delicada de uma andorinha. Ele gostou do movimento, e estava começando a se perguntar se continuaria até que ele criasse asas e virasse o Sapo-pássaro, quando caiu de costas, com um baque, na grama macia e espessa de um prado. Ao se sentar, ele enxergou o automóvel no charco, quase submerso; os cavalheiros e o motorista se debatiam na água, desesperados, as casacas cumpridas atrapalhando.

Ele logo se recompôs e saiu correndo pelo campo o mais rápido que pôde, tropeçando em sebes, pulando valas, abrindo caminho entre plantações, até que ficou sem fôlego e exausto, e teve de diminuir para uma caminhada tranquila. Quando recuperou um pouco o fôlego, e conseguiu pensar com calma, começou a rir, e o riso se transformou em gargalhada, e ele gargalhou até ser obrigado a se sentar sob uma sebe.

– Ah! – exclamou, admirando a si mesmo em êxtase. – O Sapo de novo! O Sapo, como sempre, sai por cima! Quem foi que os convenceu a dar-lhe uma carona? Quem os persuadiu a deixarem-no ver se conseguia dirigir? Quem fez com que caíssem no charco? Quem escapou, voando alegremente e ileso pelo ar, deixando os viajantes tacanhos, invejosos e tímidos na lama onde é seu lugar? Ora, o Sapo, é claro; o esperto, ótimo e BOM Sapo!

Então mais uma vez começou a cantar, e entoou em voz alta:

> *O automóvel fez* puf-puf-puf,
> *Quase que eu não escapo.*
> *Quem foi que jogou o carro lá no charco?*
> *O inventivo senhor Sapo!*

– Ah, como sou esperto! Esperto, esperto, esperto, muito esp...

Um barulho leve a distância fez com que ele se virasse para trás para olhar. Ó, horror! Ó, miséria! Ó, desespero!

A mais ou menos dois campos de distância, ele avistou um motorista com polainas de couro e dois policiais rurais correndo em sua direção o mais rápido que podiam!

O pobre Sapo colocou-se de pé em um salto e voltou a disparar, com o coração na boca.

– Minha nossa! – soltou, ofegante. – Como sou BURRO! Um burro CONVENCIDO e imprudente! Me vangloriando de novo! Gritando e cantando de novo! Sentado matando tempo de novo! Minha nossa! Minha nossa! Minha nossa!

Ele olhou para trás e viu, para seu desespero, que eles estavam se aproximando. Continuou correndo desesperado, mas olhando para trás, e viu que eles se aproximavam cada vez mais. Deu o melhor de si, mas era um animal gordo, e suas pernas eram curtas, e eles se aproximavam. Ele os ouvia bem próximos agora. Deixando de prestar atenção no caminho que seguia, continuou avançando cegamente, olhando para trás por sobre o ombro e vendo o inimigo agora triunfante, quando de repente o chão sumiu sob seus pés, e ele tentou agarrar o ar e – *splash!* – viu-se de pernas para o ar em uma água profunda, uma água ligeira, uma água que o levou com uma força contra a qual ele não conseguia reagir; e ele soube que, em seu pânico cego, havia corrido direto para o rio!

Ele emergiu na superfície e tentou se agarrar aos juncos que cresciam ao longo do rio, próximo da margem, mas a corrente era tão forte que eles eram arrancados de suas mãos.

– Minha nossa! – ofegou o pobre Sapo. – Se algum dia eu roubar um automóvel de novo! Se algum dia eu cantar uma música presunçosa de novo!

E afundou, e voltou sem fôlego e gaguejando. Logo viu que estava se aproximando de um buraco escuro na margem, bem acima de sua cabeça, e quando a correnteza o levou até lá ele estendeu uma pata e se agarrou à margem. Então, devagar e com dificuldade, ele se impulsionou para fora da água, até finalmente conseguir descansar os cotovelos na borda do buraco. Ali ele ficou alguns minutos, bufando e ofegando, pois estava bastante exausto.

Enquanto ele suspirava e ofegava e olhava fixamente para o buraco escuro à sua frente, algo pequeno e vivo brilhou e reluziu nas profundezas, vindo em direção a ele. À medida que se aproximava, um rosto foi aparecendo, e era um rosto familiar!

Marrom e pequeno com bigodes.

Sério e redondo, com orelhas bem cuidadas e pelos sedosos.

Era o Rato-d'Água!

"Como chuva de verão caíram suas lágrimas"

O Rato estendeu uma patinha castanha bem-cuidada, agarrou o Sapo com firmeza pela nuca e o içou; e o Sapo encharcado subiu lenta mas firmemente até a borda do buraco, até finalmente chegar são e salvo à entrada, manchado de lama e algas, é claro, e escorrendo água, mas feliz e animado como antigamente; agora que se encontrava mais uma vez na casa de um amigo, as esquivas e fugas tinham chegado ao fim, e ele poderia tirar um disfarce que era indigno de sua posição e exigia tanto fingimento.

– Ah, Ratinho! – exclamou. – Passei por poucas e boas desde a última vez que o vi, você nem imagina! Tantas provas, tanto sofrimento, e tudo suportado com tamanha nobreza! E em seguida tantas fugas, tantos disfarces, tantos subterfúgios, e tudo planejado e executado com tamanha esperteza! Estive na prisão... saí, é claro! Fui jogado em um canal... nadei até a margem! Roubei um cavalo... vendi por uma boa quantia! Enganei todo mundo... obriguei-os a fazer exatamente o que eu queria! Ah, eu SOU um sapo esperto, sem dúvida! Qual você acha que foi minha última façanha? Eu vou lhe contar...

– Sapo – interrompeu o Rato-d'Água, com seriedade e firmeza –, suba agora mesmo e tire esse trapo de algodão velho que parece ter pertencido a uma lavadeira, e se limpe bem, e coloque umas roupas minhas, e tente descer parecendo um cavalheiro, se for POSSÍVEL; pois eu nunca na vida coloquei os olhos em um ser mais maltrapilho, enlameado e de aparência mais desonrosa do que você! Agora, pare de se gabar e de falar, e vá! Depois eu lhe digo o que estou pensando!

De início, o Sapo se sentiu propenso a parar e responder. Ele tinha odiado receber ordens quando estava na prisão, e parecia que estava começando tudo de novo; e receber ordens de um Rato! No entanto, ele se viu no espelho sobre o cabideiro, com o gorro preto desbotado caindo desajeitado sobre um de seus olhos, e mudou de ideia e subiu, ligeiro e humilde, as escadas que levavam ao quarto do Rato. Lá ele se lavou e se escovou bem, trocou de roupa e ficou um tempão diante do espelho, contemplando a própria imagem com orgulho e prazer, e pensando no quanto todos os demais deviam ser idiotas por tê-lo confundindo por um instante que fosse com uma lavadeira.

Quando ele desceu, o almoço estava na mesa, e o Sapo ficou muito feliz ao ver isso, pois tinha passado por umas experiências difíceis e feito muito exercício desde o café da manhã excelente que lhe fora proporcionado pelo cigano. Enquanto comiam, o Sapo contou ao Rato todas as suas aventuras, concentrando-se principalmente em sua própria esperteza, e presença de espírito em emergências, e destreza em lugares apertados; e fazendo parecer que tinha vivido uma experiência alegre e muito colorida. Mas quanto mais ele falava e se vangloriava, mais sério e silencioso o Rato ficava.

Quando as palavras do Sapo finalmente se esgotaram, eles ficaram em silêncio por um tempo; então o Rato disse:

– Ouça, Sapinho, não quero lhe causar mais dor, depois de tudo o que você passou; mas, sério, você não vê o papel ridículo que está fazendo? Você mesmo admitiu que foi algemado, preso, passou fome, foi perseguido, morreu de medo, foi insultado, ridicularizado e vergonhosamente jogado na água... por uma mulher, veja só! Onde está a graça nisso? Onde entra a diversão? E tudo porque você precisava roubar um automóvel. Você sabe que os automóveis só lhe trouxeram problemas desde o instante em que colocou os olhos em um. Mas se queria TANTO se envolver com isso, como geralmente se envolve, e bem logo, por que ROUBAR? Seja um coxo, se acha que vai ser emocionante; seja um falido, para variar, se quer tanto: mas por que ser um condenado? Quando você vai ser sensato, e pensar em seus amigos, e tentar fazer jus a eles? Você acha que eu sinto algum prazer, por exemplo, ao ouvir os animais dizendo, quando saio por aí, que sou amigo de um prisioneiro?

Ora, todos sabiam que o Sapo era um animal de bom coração e não se importava de levar bronca daqueles que eram seus amigos de verdade. E, mesmo quando estava decidido a fazer algo, sempre era capaz de ver o outro lado da questão. Então, embora ele tenha ficado o tempo todo dizendo a si mesmo "Mas FOI divertido! Muito divertido!" e fazendo barulhos estranhos por dentro, *hi-hi-hi-hi-hi* e *p-f-f-f-f* e outros barulhos que lembravam bufadas sufocadas, ou uma garrafa de refrigerante se abrindo, enquanto o Rato falava com tanta seriedade, quando o amigo acabou, ele soltou um suspiro profundo e disse, com muita educação e humildade:

– Está certo, Ratinho! Você sempre é tão SÁBIO! Sim, eu tenho sido um velho asno presunçoso, enxergo isso perfeitamente; mas agora vou ser um bom Sapo, e não vou mais fazer essas coisas. Quanto aos automóveis, já não gosto tanto deles desde que mergulhei neste seu rio. A verdade é que, enquanto me segurava na borda do seu buraco recuperando o fôlego, eu de repente tive uma ideia, uma ideia brilhante, relacionada a barcos a motor... Pronto, pronto! Não fique assim, velho amigo, não leve as coisas tão a sério; foi só uma ideia, e não precisamos falar dela agora. Vamos beber nosso café, e fumar, e conversar tranquilamente, e depois eu vou seguir calmamente até o Salão do Sapo, e vestir minhas próprias roupas e colocar tudo para funcionar como antes. Estou farto de aventuras. Vou levar uma vida tranquila, estável e respeitável, cuidando de minha propriedade, e fazendo melhorias, e um pouco de paisagismo de vez em quando. Sempre haverá um bom jantar para meus amigos quando eles forem me visitar; e vou providenciar uma carruagem para andar por aí, como fazia nos velhos tempos, antes de ficar inquieto e ter vontade de FAZER coisas.

– Seguir calmamente até o Salão do Sapo? – exclamou o Rato, muito agitado. – Do que você está falando? Quer dizer que não SOUBE?

– Soube o quê? – perguntou o Sapo, ficando muito pálido de repente. – Fale, Ratinho! Vamos! Não me poupe de nada! O que eu não soube?

– Você quer dizer – gritou o Rato, batendo seu pequeno punho na mesa – que não ouviu falar sobre os Arminhos e as Doninhas?

– Quem? Da Floresta Selvagem? – gritou o Sapo, o corpo todo tremendo. – Não, nem uma palavra! O que eles andaram aprontando?

– ... E que eles tomaram o Salão do Sapo? – continuou o Rato.

O Sapo apoiou os cotovelos sobre a mesa, e o queixo sobre as patas; e uma lágrima enorme brotou em cada um de seus olhos, transbordando e respingando sobre a mesa, *plop! plop!*

– Continue, Ratinho – ele logo murmurou. – Me conte tudo. O pior já passou. Sou um animal novamente. Posso aguentar.

– Quando você... se... envolveu naqueles... naqueles seus problemas – disse o Rato, devagar e em um tom grandioso. – Quero dizer, quando você... desapareceu da sociedade por um tempo, por causa daquele mal entendido com uma... uma máquina, você sabe...

O Sapo apenas fez que sim com a cabeça.

– Bem, falaram muito disso por aqui, naturalmente – continuou o Rato –, não só na margem do rio, mas até mesmo na Floresta Selvagem. Os animais tomaram partido, como sempre acontece. Os ribeirinhos o defenderam e disseram que recebeu um tratamento vergonhoso, e que não havia justiça na terra hoje em dia. Mas os animais da Floresta Selvagem disseram coisas duras, que era bem feito, e que já estava na hora de alguém impedir esse tipo de coisa. E eles ficaram bastante presunçosos, e começaram a dizer que agora você estava acabado! Que nunca mais voltaria, nunca mais!

O Sapo acenou mais uma vez com a cabeça, em silêncio.

– Eles são mesmo pequenas bestas – o Rato continuou. – Mas a Toupeira e o Texugo, eles insistiam, apesar de tudo, que você voltaria logo, de alguma maneira. Eles não sabiam exatamente como, mas de alguma maneira!

O Sapo começou a se ajeitar na cadeira, e a sorrir levemente.

– Eles trouxeram argumentos da história – continuou o Rato. – Disseram que nenhuma lei criminal jamais prevalecera contra uma ousadia e uma plausibilidade como as que você tem, quando combinadas ao poder de um bolso cheio. Então levaram suas coisas para o Salão do Sapo e dormiram lá, e o mantiveram arejado e pronto para quando você voltasse. Eles não adivinharam o que ia acontecer, é claro; ainda assim, desconfiavam dos animais da Floresta Selvagem. Agora chegou a parte mais dolorosa e trágica da minha história. Certa noite escura, uma noite MUITO escura, e em que ventava muito, e chovia canivete, um bando de doninhas, armadas até os dentes, rastejou em silêncio pela entrada da garagem até a entrada principal. Ao mesmo tempo, um grupo de furões desesperados, avançando pela horta, tomou posse do quintal e do escritório; enquanto uma turma de arminhos baderneiros irrefreáveis ocupava o conservatório e o salão de jogos, e vigiava as portas que davam para o gramado. A Toupeira e o Texugo estavam sentados em frente à lareira no fumódromo, contando histórias e sem suspeitar de nada, pois era uma noite em que nenhum animal sairia de casa, quando aqueles vilões sanguinários derrubaram as portas e os atacaram de todos os lados. Eles lutaram o quanto puderam, mas de que adiantava? Estavam desarmados, e tinham sido pegos de surpresa, e o que dois animais podem fazer contra centenas? Eles os pegaram e bateram muito neles com paus, as duas pobres criaturas, e os jogaram no frio e na chuva, com muitas palavras insultuosas e desnecessárias!

Aqui o Sapo insensível deu uma risadinha, e logo se recompôs e tentou parecer sério.

– E os animais da Floresta Selvagem estão morando no salão do Sapo desde então – continuou o Rato. – E simplesmente seguindo a vida, de alguma forma! Deitados metade do dia, e tomando café da manhã a qualquer hora, e o lugar está tão zoneado (segundo me disseram) que não é bom nem ver! Comendo sua comida, e bebendo sua bebida, e contando piadas ruins sobre você, e cantando músicas vulgares, sobre... bem, sobre prisões e juízes e policiais; músicas horríveis, sem nenhuma graça. E estão dizendo aos comerciantes e a qualquer um que aparece por lá que vão ficar para sempre.

– Ah, é mesmo? – disse o Sapo, se levantando e pegando um graveto. – Pois é o que veremos já, já!

– Não adianta, Sapo! – o Rato gritou atrás dele. – É melhor você voltar e sentar; só vai se meter em problemas.

Mas o Sapo já tinha saído, e não havia como impedi-lo. Ele marchou apressado pela estrada, a bengala sobre o ombro, fumegando e resmungando para si mesmo de raiva, até se aproximar do portão principal, quando de repente surgiu, por trás das grades, um furão amarelo e comprido com uma arma.

– Alto lá! – disse o furão, bruscamente.

— Mas que bobagem! – respondeu o Sapo, muito irritado. – O que você quer falando assim comigo? Pare com isso já, ou eu...

O furão não disse uma palavra, mas levou a arma ao ombro. O Sapo, prudente, caiu estatelado na estrada, e – *BANG!* – uma bala passou sobre sua cabeça assoviando.

O Sapo assustado se levantou com dificuldade e disparou pela estrada o mais rápido que pôde; e, enquanto corria, ouviu o furão rindo e outras risadinhas terríveis e finas em seu rastro.

Ele voltou, muito abatido, e contou ao Rato-d'Água.

— Eu não disse? – exclamou o Rato. – Não adianta. Eles têm sentinelas a postos, e estão todos armados. Você precisa esperar.

No entanto, o Sapo não estava disposto a desistir de tudo assim. Então ele pegou o barco e saiu remando rio acima para o lugar onde o jardim do Salão do Sapo descia até a margem.

Ao avistar seu antigo lar, descansou os remos e observou a terra com atenção. Tudo parecia bastante tranquilo e deserto e silencioso. Ele enxergava toda a frente do Salão do Sapo, brilhando ao sol do fim de tarde, os pombos se acomodando aos pares e trios ao longo da linha reta do telhado; o jardim, um clarão de flores; o riacho que levava até a garagem de barcos, a pontezinha de madeira que o atravessava; tudo tranquilo, inabitado, aparentemente aguardando seu retorno. Ele tentaria a garagem de barcos primeiro, pensou. Com muito cuidado, remou até a entrada do riacho e estava passando por debaixo da ponte quando... *CRASH!*

Uma pedra enorme, jogada de cima, quebrou o casco do barco, que encheu e afundou, e o Sapo se viu lutando em águas profundas. Olhando para cima, ele viu dois arminhos apoiados no parapeito da ponte e olhando para ele com muita alegria.

— Da próxima vez vai ser sua cabeça, Sapinho! – gritaram para ele.

O Sapo indignado nadou até a margem, enquanto os arminhos riam sem parar, apoiados um no outro, e riram mais, até quase terem dois ataques – quero dizer, um ataque cada, é claro.

O Sapo fez o caminho cansativo de volta a pé, e mais uma vez relatou as experiências decepcionantes ao Rato-d'Água.

– Bem, O QUE foi que eu disse? – exclamou o Rato, muito irritado. – E, agora, escute aqui! Veja bem o que você fez! Perdeu meu barco, de que eu gostava tanto, foi isso o que você fez! E simplesmente destruiu esse belo traje que lhe emprestei! Sério, Sapo, de todos os animais difíceis... me admira que você consiga manter algum amigo!

O Sapo logo viu o quanto tinha agido mal e com estupidez. Admitiu seus erros e sua teimosia e pediu desculpas ao Rato por ter perdido seu barco e estragado suas roupas. E acabou dizendo, com a intensidade que sempre desarmava as críticas do amigo e o reconquistava:

– Ratinho! Eu vejo que fui um Sapo teimoso e obstinado! Daqui em diante, acredite, serei humilde e submisso, e não vou fazer nada sem seu gentil conselho e sua total aprovação!

– Se isso for mesmo verdade – disse o Rato, amável e já apaziguado –, então meu conselho para você é, considerando que já é tarde, que se sente e coma, o jantar logo estará na mesa, e seja muito paciente. Pois estou convencido de que não há nada que possamos fazer antes de encontrar a Toupeira e o Texugo, e ouvir as últimas novidades, e conversar e ouvir seus conselhos sobre essa questão complicada.

– Ah, oh, sim, é claro, a Toupeira e o Texugo – disse o Sapo, despreocupado. – O que aconteceu com eles, nossos queridos amigos? Eu tinha me esquecido deles.

– Pois não deve esquecer! – disse o Rato em tom de censura. – Enquanto você estava andando por aí em automóveis caros, e galopando orgulhoso em cavalos de raça, e tomando um belo café da manhã sem que tivesse feito nada por ele, aqueles dois pobres animais dedicados acamparam ao ar livre, enfrentando todo tipo de clima, levando uma vida dura de dia e deitando-se em uma cama dura à noite; cuidando da sua casa, patrulhando suas fronteiras, ficando de olho nos arminhos e nas doninhas, maquinando e planejando e idealizando como conseguir sua propriedade de volta. Você não merece ter amigos tão verdadeiros e fiéis, Sapo, não merece, de verdade. Algum dia, quando for tarde demais, vai se arrepender por não ter dado valor a eles enquanto estavam ao seu lado!

– Sou uma besta ingrata, eu sei – soluçou o Sapo, derramando lágrimas amargas. – Vou sair para procurá-los, na noite escura e fria, e compartilhar de suas dificuldades e tentar provar... Espere um pouco! Eu ouvi claramente o tilintar de pratos em uma bandeja! O jantar finalmente está pronto, viva! Vamos, Ratinho!

O Rato se lembrou de que o pobre Sapo passara um tempo considerável na prisão, e que por isso era preciso fazer grandes concessões. Então, ele o seguiu até a mesa e, hospitaleiro, o incentivou a compensar as privações passadas.

Eles tinham acabado de terminar a refeição e voltar a ocupar suas poltronas quando ouviram uma batida pesada à porta.

O Sapo ficou nervoso, mas o Rato, acenando misteriosamente para ele, foi direto até a porta e a abriu, e o senhor Texugo entrou. Ele parecia alguém que tinha passado algumas noites longe de casa e de seus pequenos confortos e conveniências. Seus sapatos estavam cobertos de lama, e ele parecia bastante perdido e desgrenhado; mas nunca fora um homem muito elegante, o Texugo, nem em seus melhores dias. Aproximou-se do Sapo com um tom solene, apertou sua pata e disse:

– Bem-vindo ao lar, Sapo! Ai de mim! O que estou dizendo? Ao lar, até parece! Que péssimas boas-vindas. Pobre Sapo!

Então ele deu as costas para o sapo, sentou-se à mesa, puxou a cadeira e se serviu de uma fatia de torta fria.

O Sapo ficou muito alarmado com esse estilo sério e agourento de saudação; mas o Rato sussurrou para ele:

– Não dê bola; não se incomode; e não diga nada a ele ainda. Ele sempre fica bastante abatido e desanimado antes de consumir seus víveres. Em meia hora será um animal bem diferente.

Então eles esperaram em silêncio, e logo ouviram outra batida, mais leve. O Rato, acenando para o Sapo, foi até a porta e recebeu a Toupeira, bastante surrada e suja, com pedaços de feno e palha no pelo.

– Viva! Eis o velho Sapo! – exclamou a Toupeira, com o rosto radiante. – Que maravilha tê-lo de volta! – E começou a dançar em volta do Sapo. – Nem sonhávamos que você fosse voltar tão cedo! Ora, você deve ter conseguido escapar, seu Sapo esperto, engenhoso e inteligente!

O Rato, alarmado, puxou-a pelo cotovelo; mas era tarde demais. O Sapo já estava bufando e se exaltando.

– Esperto? Ah, não! – ele disse. – Não sou muito esperto, de acordo com meus amigos. Só escapei da prisão mais forte da Inglaterra, só isso! E sequestrei um trem e escapei, só isso! E me disfarcei e atravessei o país tapeando todo mundo, só isso! Ah, não! Eu sou um asno estúpido, é o que sou! Vou lhe contar uma ou duas de minhas aventuras, Toupeira, e você poderá tirar suas próprias conclusões!

– Bem – disse a Toupeira, indo em direção à mesa de jantar –, desde que você fale enquanto eu como. Não como nada desde o café da manhã! Minha nossa! Minha nossa!

E ela se sentou e se serviu generosamente de carne fria e picles.

O Sapo sentou-se com as pernas abertas no tapete da lareira, enfiou a pata no bolso da calça e tirou um punhado de moedas de prata.

– Veja isso! – exclamou, mostrando as moedas. – Nada mal para alguns minutos de trabalho, não é? E como você acha que consegui, Toupeira? Negociando um cavalo! Foi assim que consegui.

– Continue, Sapo – disse a Toupeira, muitíssimo interessada.

– Sapo, fique quieto, por favor! – disse o Rato. – E não o incite, Toupeira, você sabe como ele é; mas, por favor, nos digam, assim que possível, como está a situação, e qual é a melhor coisa a fazer, agora que o Sapo finalmente voltou!

– A situação é a pior possível – respondeu a Toupeira, mal-humorada. – Quanto ao que pode ser feito, não faço a menor ideia! O Texugo e eu temos observado o lugar, durante o dia e durante a noite; é sempre a mesma coisa. Sentinelas a postos em toda parte, armas apontadas para nós, pedras lançadas contra nós; sempre um animal de vigia, e quando eles nos veem, nossa, como riem! Isso é o que mais me irrita!

– É uma situação muito difícil – disse o Rato, refletindo profundamente. – Mas acho que entendo agora, nas profundezas de minha mente, o que o Sapo realmente deve fazer. Vou lhes dizer! Ele deve...

– Não, ele não deve! – gritou a Toupeira, com a boca cheia. – Nada disso! Você não entende. O que ele deve fazer é, ele deve...

– Bem, eu não vou fazer isso mesmo! – exclamou o Sapo, começando a se exaltar. – Não vou receber ordens de vocês! É da minha casa que estamos falando, e sei exatamente o que fazer, e vou lhes dizer. Eu vou...

A essa altura os três estavam falando ao mesmo tempo, a plenos pulmões, e o barulho era simplesmente ensurdecedor, quando uma voz seca e fina se fez ouvir, dizendo:

– Fiquem quietos agora mesmo, todos vocês!

E imediatamente todos ficaram em silêncio.

Era o Texugo, que, após terminar sua torta, tinha se virado na cadeira e estava olhando para eles, muito sério. Quando viu que tinha conseguido a atenção de todos, e que estavam claramente esperando que ele dissesse alguma coisa, ele se virou de volta para a mesa e estendeu a pata para pegar o queijo. E o respeito que as qualidades daquele animal admirável demandava era tão grande que nenhuma outra palavra foi dita até que ele tivesse terminado sua refeição e batido as migalhas dos joelhos. O Sapo se remexeu bastante, mas o Rato o segurou no lugar com firmeza.

Quando o Texugo terminou, ele se levantou e ficou em pé diante da lareira, refletindo profundamente. Por fim, ele falou.

– Sapo! – disse, em um tom grave. – Seu animalzinho mau e encrenqueiro! Você não tem vergonha? O que acha que seu pai, meu velho amigo, diria se estivesse aqui esta noite e soubesse de tudo o que anda fazendo?

O Sapo, que agora estava no sofá, com as pernas para cima, virou-se de bruços, tremendo com os soluços de remorso.

– Pronto, pronto! – continuou o Texugo, mais dócil. – Não importa. Pare de chorar. O que passou passou, vamos virar uma nova página. Mas o que a Toupeira diz é bem verdade. Os arminhos estão de vigia, por toda parte, e são as melhores sentinelas do mundo. É inútil pensar em atacar o lugar. Eles são fortes demais para nós.

– Então está tudo acabado – soluçou o Sapo, chorando nas almofadas do sofá. – Vou me alistar no exército, e nunca mais verei meu querido Salão do Sapo!

– Vamos, anime-se, Sapinho! – disse o Texugo. – Existem outras maneiras de recuperar um lugar além de tomá-lo de assalto. Agora vou contar-lhes um grande segredo.

O Sapo sentou-se devagar e secou os olhos. Segredos exerciam uma imensa atração sobre ele, porque ele nunca conseguia guardá-los, e gostava de todo tipo de emoção profana que experimentava quando os contava para outro animal, depois de ter prometido não fazer isso.

– Existe... uma... passagem... subterrânea – disse o Texugo, em um tom impactante – que leva da margem do rio, bem perto daqui, até o centro do Salão do Sapo.

– Ah, bobagem, Texugo! – disse o Sapo, com descaso. – Você andou ouvindo histórias que contam nas tavernas por aí. Conheço cada centímetro do Salão do Sapo, por dentro e por fora. Não há nada do tipo, eu garanto!

– Meu jovem amigo – disse o Texugo, muito sério –, seu pai, que era um animal digno, muito mais digno que alguns outros que conheço. Era um grande amigo meu, e me contou muitas coisas que nem sonharia em contar a você. Ele descobriu aquela passagem (não foi ele quem a abriu, é claro; isso foi feito centenas de anos antes de ele ter se mudado para lá), e decidiu consertá-la e limpá-la, porque achou que poderia ser útil algum dia, em caso de problema ou perigo; e ele me mostrou a passagem. "Não deixe meu filho ficar sabendo", disse. "Ele é um bom garoto, mas de caráter muito volátil, e simplesmente não consegue segurar a língua. Se algum dia ele estiver encrencado, e a passagem for útil, pode contar; mas não antes disso."

Os outros animais olharam atentamente para o Sapo para ver como ele reagiria. De início, o Sapo deu mostras de que ficaria irritado; mas logo se animou, como o bom sujeito que era.

– Bem – ele disse –, talvez eu seja mesmo um pouco falador. Um sujeito popular como eu... meus amigos me cercam... brincamos, zombamos e contamos histórias espirituosas... e de alguma forma acabo dando com a língua nos dentes. Eu tenho o dom da conversa. Já me disseram que eu devia organizar um *salon*, o que quer que isso signifique. Não importa. Continue, Texugo. Como essa sua passagem vai nos ajudar?

– Descobri algumas coisinhas nos últimos dias – continuou o Texugo. – Pedi à Lontra que se disfarçasse de limpadora de chaminé e batesse à porta dos fundos com os apetrechos nos ombros, pedindo por um emprego. Vai ter um grande banquete amanhã à noite. É aniversário de alguém... da Doninha-Chefe, eu acho... e todas as doninhas vão se reunir no salão de banquetes, para comer e beber e rir e seguir a vida, sem suspeitar de nada. Sem revólveres, sem espadas, sem paus, sem nenhuma arma de qualquer tipo!

– Mas as sentinelas estarão a postos como sempre – comentou o Rato.

– Exatamente – disse o Texugo. – Esta é a questão. As doninhas estarão confiando apenas em suas excelentes sentinelas. E é aí que entra a passagem. Aquele túnel muito útil que leva direto até a despensa, próximo do salão!

– Arrá! Aquela tábua solta na despensa! – disse o Sapo. – Agora eu entendo!

– Vamos rastejar silenciosamente até a despensa... – gritou a Toupeira.

– ... com nossas pistolas e espadas e paus... – gritou o Rato.

– ... e atacá-los... – disse o Texugo.

– ... e bater e bater e bater neles! – exclamou o Sapo, em êxtase, correndo sem parar pela sala, e pulando nas cadeiras.

– Muito bem – disse o Texugo, retomando o tom seco usual. – Nosso plano está resolvido, e não há mais o que discutir e bater boca. Então, como está ficando muito tarde, vão todos para a cama imediatamente. Combinaremos tudo durante a manhã.

O Sapo, é claro, foi para a cama com os outros, obediente – sabia que não devia recusar –, embora estivesse animado demais para dormir. Mas o dia tinha sido longo, com muitos acontecimentos apinhados; e lençóis e travesseiros lhe pareciam muito convidativos e confortáveis, depois de um mero colchão de palha, e pouca palha, no chão de pedra de uma cela fria; e fazia poucos segundos que sua cabeça estava no travesseiro quando ele começou a roncar alegremente. Naturalmente, ele sonhou bastante; com estradas que se afastavam bem quando ele precisava delas, e canais que o perseguiam e o pegavam, e uma barcaça que navegava até o salão de banquetes com sua roupa lavada, enquanto ele dava uma festa; e ele sozinho na passagem secreta, avançando, mas ela se retorcia e fazia curvas e se sacudia, e fechava a saída; mas, de alguma forma, no fim, ele surgia no Salão do Sapo, a salvo e triunfante, com todos os seus amigos reunidos, garantindo-lhes sinceramente que ele era mesmo um Sapo esperto.

Ele dormiu até tarde na manhã seguinte, e quando desceu viu que os outros animais já tinham terminado o café da manhã havia algum tempo. A Toupeira tinha escapulido para algum lugar sozinha, sem falar para ninguém aonde estava indo. O Texugo estava sentado em uma poltrona, lendo o jornal, sem se preocupar nem um pouquinho com o que ia acontecer naquela noite. O Rato, por outro lado, corria pela casa ocupado, com os braços cheios de armas de todo tipo, distribuindo-as em quatro montinhos no chão, e falando baixinho agitado enquanto corria:

– Uma-espada-para-o-Rato, uma-espada-para-a-Toupeira, uma-espada-para-o-Sapo, uma-espada-para-o-Texugo! Uma-pistola-para-o-Rato, uma-pistola-para-a-Toupeira, uma-pistola-para-o-Sapo, uma-pistola-para-o-Texugo!

E assim por diante, em um tom regular e ritmado, enquanto os quatro montinhos cresciam aos poucos.

– Muito bem, Rato, muito bem – logo disse o Texugo, olhando para o animalzinho ocupado por sobre o jornal. – Não estou ralhando com você. Mas depois que passarmos pelos arminhos, com aquelas armas detestáveis, eu garanto que não vamos precisar de espadas ou pistolas. Nós quatro, com nossos paus, uma vez dentro do salão, ora, vamos exterminá-los do lugar em cinco minutos. Eu teria feito tudo sozinho, mas não quis privar vocês da diversão!

– É bom garantir – disse o Rato, pensativo, polindo o cano de uma pistola com a manga e olhando bem.

O Sapo, depois de terminar seu café da manhã, pegou um pau e balançou com força, atacando animais imaginários.

– Vou dar neles por roubarem minha casa! – ele gritou. – Vou dar neles, dar neles, dar neles!

– Não diga "dar neles", Sapo – disse o Rato, muito chocado. – Não é bom português.

– Por que você está sempre importunando o Sapo? – perguntou o Texugo, um tanto mal-humorado. – Qual é o problema com o português dele? É o mesmo que eu uso, e se é bom o bastante para mim, deve ser bom o bastante para você!

– Me perdoe – disse o Rato, com humildade. – Eu só ACHO que devia ser "bater neles", não "dar neles".

– Mas é o que QUEREMOS fazer – respondeu o Texugo. – Queremos DAR neles... dar neles, dar neles! E digo mais, nós VAMOS fazer isso!

– Ah, que seja, falem como quiserem – disse o Rato.

Ele mesmo já estava ficando confuso, e logo se retirou para um canto, onde o ouviram resmungar:

– Dar neles, bater neles, bater neles, dar neles!

Até que o Texugo, algo ríspido, mandou que parasse com aquilo.

Então a Toupeira entrou cambaleando, claramente muito feliz consigo mesma.

– Eu me diverti tanto! – logo começou a dizer. – Estava provocando os arminhos!

– Espero que tenha tomado muito cuidado, Toupeira – disse o Rato, preocupado.

– Eu também espero – disse a Toupeira, confiante. – Tive a ideia quando entrei na cozinha, para garantir que o café da manhã do Sapo fosse mantido quente. Achei aquele velho vestido de lavadeira que ele estava usando quando voltou, pendurado diante da lareira. Então eu o vesti, e coloquei o gorro na cabeça também, e o xale sobre os ombros, e fui para o Salão do Sapo, corajosa como nunca. As sentinelas estavam a postos, é claro, com suas armas e dizendo "Alto lá!" e toda aquela bobagem. "Bom dia, cavalheiros!", eu disse, muito respeitosamente. "Precisam de lavadeira hoje?". Eles olharam para mim muito orgulhosos e rígidos e altivos, e disseram "Vá embora, lavadeira! Não lavamos nada enquanto estamos em serviço". "Nem em qualquer outro momento?", eu disse. Rárrá! Não foi ENGRAÇADO, Sapo?

– Pobre animal inconsequente! – disse o Sapo, arrogante.

A verdade era que ele estava com muita inveja da Toupeira pelo que ela tinha acabado de fazer. Era exatamente o que ele gostaria de ter feito, se tivesse tido a ideia antes, e não tivesse dormido demais.

– Alguns dos arminhos ficaram corados – continuou a Toupeira –, e o sargento responsável me disse bem baixinho "Agora corra, minha senhora, corra! Não fique atrapalhando meus homens que estão de guarda". "Correr?", eu perguntei. "Não vou ser eu quem vai correr, daqui a muito pouco tempo!".

– Ah, Toupeirinha, como você pôde? – disse o Rato, consternado.

O Texugo largou o jornal.

– Eu vi que eles ergueram as orelhas e se entreolharam – continuou a Toupeira. – E o Sargento disse a eles "Não deem bola para ELA; ela não sabe do que está falando". "Ah! Não sei?", eu disse. "Bem, vou lhes dizer uma coisa. Minha filha, ela lava as roupas do senhor Texugo, e isso vai lhes mostrar se eu não sei do que estou falando; e VOCÊS também vão saber logo! Cem Texugos sanguinários, armados com espingardas, vão atacar o Salão do Sapo esta noite, vindo pelo manejo. Seis barcos carregados de Ratos, com pistolas e espadas, vão subir o rio e desembarcar no jardim; enquanto um grupo escolhido de Sapos, conhecido como Duro-de-Matar, ou Morte-ou-Glória, vai invadir o pomar e levar tudo o que vir pela frente, gritando por vingança. Não vão restar muitos de vocês para se lavar quando eles terminarem, a não ser que vão embora enquanto ainda podem!". E saí correndo, e quando já estava fora de vista me escondi; e logo voltei rastejando pela vala e dei uma espiada pela sebe. Estavam todos muito nervosos e agitados, correndo para todo lado, e tropeçando uns nos outros, e cada um gritando ordens para todos os outros e ninguém ouvindo; e o Sargento mandando grupos de arminhos para áreas distantes do terreno e, logo em seguida, outro grupo para buscá-los; e ouvi que diziam uns aos outros "É a cara das doninhas fazer isso; elas descansam confortavelmente no salão, e fazem banquetes e brindam e cantam e se divertem, enquanto nós ficamos de guarda no frio e no escuro, para no fim sermos cortados em pedacinhos pelos Texugos sanguinários!".

– Ah, sua Toupeira idiota! – gritou o Sapo. – Você foi lá e estragou tudo!

– Toupeira – disse o Texugo, em seu tom seco e tranquilo –, vejo que você tem mais juízo no seu mindinho que outros animais têm em seu corpo gordo inteiro. Você se saiu muito bem, e começo a ter grandes esperanças para você! Toupeira boa! Toupeira esperta!

O Sapo estava simplesmente louco de inveja, principalmente porque não conseguia entender de jeito nenhum o que a Toupeira tinha feito de tão inteligente; mas, felizmente para ele, antes que pudesse ter um ataque ou se expor ao sarcasmo do Texugo, a sineta tocou chamando para o almoço.

Era uma refeição simples, mas de sustança – bacon e favas, e torta de macarrão; e quando terminaram o Texugo se acomodou em uma poltrona e disse:

– Bem, teremos trabalho esta noite, e provavelmente será muito tarde quando terminarmos; então vou tirar uma soneca, enquanto posso.

E ele cobriu o rosto com um lenço e logo começou a roncar.

O Rato, ansioso e dedicado, retomou os preparativos, e começou a correr de um montinho ao outro, resmungando:

– Um-cinto-para-o-Rato, um-cinto-para-a-Toupeira, um-cinto-para-o-Sapo, um-cinto-para-o-Texugo! – e assim por diante, a cada novo equipamento que trazia, os quais pareciam mesmo não ter fim; então a Toupeira abraçou o Sapo, levou-o até lá fora, enfiou-o em uma cadeira de vime e o fez contar todas as suas aventuras, do início ao fim, o que o Sapo fez com muito prazer. A Toupeira era uma boa ouvinte, e o Sapo, sem ninguém para checar suas afirmações ou criticar seu espírito hostil, se deixou levar. De fato, muito do que ele relatou pertencia mais à categoria o-que-poderia-ter-acontecido-se-eu-tivesse-pensado-nisso-na-hora-e-não-dez-minutos-depois. Essas são sempre as melhores e mais divertidas aventuras; e por que não podem ser nossas de verdade, tanto quanto as coisas algo inadequadas que realmente acontecem?

O retorno de Ulisses

Quando começou a escurecer, o Rato, com um ar de entusiasmo e mistério, os chamou de volta à sala, colocou cada um ao lado de seu montinho, e começou a vesti-los para a expedição que se aproximava. Ele cumpriu a tarefa com muita seriedade e meticulosidade, e a coisa toda levou um bom tempo. Primeiro, havia um cinto a ser colocado em cada animal; depois uma espada a ser presa em cada cinto; depois um cutelo do outro lado para equilibrar tudo. Então um par de pistolas, um cassetete de policial, várias algemas, algumas gazes e esparadrapos, e um frasco e um porta-sanduíche. O Texugo riu bem-humorado e disse:

– Tudo bem, Ratinho! Isso agrada você e não me custa nada. Mas vou fazer tudo o que tenho de fazer com este pau aqui.

Mas o Rato só respondeu:

– POR FAVOR, Texugo. Você sabe que eu não quero que você me culpe depois e diga que eu esqueci alguma coisa!

Quando tudo estava pronto, o Texugo pegou uma lanterna em uma das patas e um pau na outra, e disse:

– Agora vamos, me sigam! A Toupeira primeiro, porque estou muito satisfeito com ela; depois o Rato; por último o Sapo. E escute aqui, Sapinho! Não fique tagarelando como costuma fazer, ou vou mandá-lo voltar, pode ter certeza!

O Sapo estava tão ansioso por não ficar de fora que assumiu a posição inferior que lhe foi atribuída sem reclamar, e os animais partiram. O Texugo os conduziu pela beira do rio por um tempinho, e de repente saltou para dentro de um buraco na margem, um pouco acima da água. A Toupeira e o Rato o seguiram em silêncio, lançando-se com sucesso para dentro do buraco como tinham visto o Texugo fazer; mas, quando chegou a vez do Sapo, é claro que ele conseguiu escorregar e cair na água, com um estrondo e um gritinho assustado. Ele foi puxado pelos amigos, que o secaram e o torceram com pressa, o consolaram e o colocaram em pé; mas o Texugo ficou muito zangado, e disse a ele que a próxima vez que ele fizesse papel de bobo certamente seria deixado para trás.

Então finalmente eles estavam na passagem secreta, e a expedição começava de verdade!

A passagem era fria e escura e úmida e baixa e estreita, e o pobre Sapo começou a tremer, em parte de medo do que poderia estar à sua espera, em parte porque estava encharcado. A lanterna estava muito à frente, e ele não conseguia não ficar um pouco para trás na escuridão. E logo ouviu o Rato adverti-lo:

– VAMOS, Sapo!

E ele foi dominado por um pavor de ser deixado para trás, sozinho na escuridão, e "veio" com tanta pressa que lançou o Rato contra a Toupeira e a Toupeira contra o Texugo, e por um instante foi pura confusão. O Texugo achou que eles estavam sendo atacados por trás, e, como não havia espaço para usar um pau ou um cutelo, sacou uma pistola, e estava prestes a disparar contra o Sapo. Quando descobriu o que realmente tinha acontecido, ele ficou muito zangado, e disse:

– Desta vez esse Sapo enfadonho VAI ser deixado para trás!

Mas o Sapo choramingou, e os outros dois prometeram que seriam responsáveis por sua boa conduta, e o Texugo finalmente ficou mais calmo e a procissão seguiu; mas desta vez o Rato ficou na retaguarda, com uma mão firme no ombro do Sapo.

E eles seguiram tateando e arrastando os pés, com as orelhas em pé e uma pata na pistola, até que finalmente o Texugo disse:

– Já devemos estar quase embaixo do Salão do Sapo.

Então, de repente, eles ouviram, como se de muito distante, mas ao mesmo tempo aparentemente logo acima de suas cabeças, um murmúrio confuso de sons, como de pessoas gritando e comemorando e batendo os pés no chão e socando mesas. Os pavores nervosos do Sapo voltaram, mas o Texugo apenas comentou, plácido:

– Elas estão MESMO aproveitando, as Doninhas!

A passagem começou a inclinar para cima; eles seguiram tateando um pouco mais adiante, e ouviram o barulho irromper novamente, bem claro desta vez, e bem perto deles.

– Viiii-va, viiii-va, viiiiva! – ouviram, e as batidas dos pezinhos no chão, e copos batendo, e pequenos punhos batendo na mesa.

– COMO estão se divertindo! – disse o Texugo. – Vamos!

Eles correram pela passagem até chegar ao fim, quando de repente se viram embaixo de um alçapão que levava à despensa.

Um barulho tão tremendo vinha do salão que o perigo de alguém ouvir alguma coisa era pequeno. O Texugo disse:

– Agora, rapazes, todos juntos!

E os quatro encostaram o ombro no alçapão e empurraram. Içando um ao outro, eles chegaram à despensa, com apenas uma porta entre eles e o salão, onde seus inimigos desavisados farreavam.

O barulho, quando saíram da passagem, era ensurdecedor. Por fim, à medida que os gritos e batidas diminuíam lentamente, eles ouviram uma voz dizendo:

– Bem, não quero prendê-los por muito tempo – muitos aplausos –, mas antes de retomar meu assento – mais gritos – eu gostaria de dizer uma palavra sobre nosso gentil anfitrião, o senhor Sapo. Todos conhecemos o Sapo! – muitas risadas – O BOM, MODESTO e HONESTO Sapo – gritos de alegria.

– Esperem só até eu colocar as mãos nele! – resmungou o Sapo, rangendo os dentes.

– Espere um minuto! – disse o Texugo, segurando-o com dificuldade. – Se preparem, todos vocês!

– Deixem-me cantar uma pequena canção – continuou a voz – que eu compus sobre o Sapo – aplausos prolongados.

Então a Doninha-Chefe – pois era ela – entoou em uma voz alta e estridente:

> *O Sapo ia alegre*
> *Descendo pela rua...*

O Texugo endireitou-se, pegou o pau firmemente com ambas as patas, olhou para seus camaradas e gritou:

– A hora chegou! Me sigam!

E a porta se abriu.

Nossa!

Que guinchos e gritos e gemidos encheram o ar! As doninhas aterrorizadas mergulharam para debaixo das mesas e pularam as janelas loucamente! Os furões correram em disparada para a lareira e ficaram atoladas na chaminé! Mesas e cadeiras foram viradas, e copos e pratos foram atirados ao chão, no pânico daquele momento terrível em que os quatro Heróis entraram furiosos na sala! O poderoso Texugo, os bigodes eriçados, o cassetete uivando no ar; a Toupeira, preta e soturna, brandindo o pau e entoando seu terrível grito de guerra:

– Uma Toupeira! Uma Toupeira!

O Rato, desesperado e determinado, o cinto abarrotado de armas de todas as eras e todos os tipos; o Sapo, desvairado de entusiasmo e orgulho ferido, com uma altivez que o deixava com duas vezes o seu tamanho, saltando no ar e entoando gritos que gelavam suas espinhas!

– O Sapo ia alegre! – gritou. – Vou é descer neles! – e avançou na Doninha-Chefe.

Eles eram apenas quatro, mas, para as doninhas em pânico, a sala parecia cheia de animais monstruosos, cinzentos, pretos, marrons e amarelos, gritando e brandindo cutelos enormes; e elas fugiam com gritos de terror e desalento, para lá e para cá, pelas janelas, subindo a chaminé, qualquer coisa para fugir do alcance daqueles paus terríveis.

A coisa toda acabou logo. De cima a baixo, os quatro Amigos percorreram toda a extensão do Salão, golpeando com seus paus qualquer cabeça que aparecesse; e em cinco minutos o local foi esvaziado. Pelas janelas quebradas, os gritos de doninhas fugindo pelo gramado chegavam fracos a seus ouvidos; no chão se encontravam prostrados cerca de uma dúzia de inimigos, nos quais a Toupeira se ocupava de colocar algemas. O Texugo, descansando dos trabalhos, se apoiou em seu pau e enxugou a testa.

– Toupeira – ele disse –, você é a melhor companheira que se pode ter! Vá lá fora dar uma olhada naqueles arminhos sentinelas e veja o que estão fazendo. Estou imaginando que, graças a você, eles não vão nos incomodar muito esta noite!

A Toupeira logo desapareceu por uma janela; e o Texugo pediu aos outros dois que colocassem uma das mesas em pé, pegassem facas e garfos e pratos e copos dos escombros pelo chão, e tentassem conseguir utensílios para um jantar.

– Quero filar uma boa, isso sim – disse ele, com aquele seu jeito simples de falar. – Se mexa, Sapo. Acorde! Conseguimos sua casa de volta, e você não nos oferece nem um sanduíche!

O Sapo ficou bastante magoado com o Texugo por não lhe dizer coisas agradáveis, como dissera à Toupeira, por não lhe dizer que ele era um excelente companheiro, e como tinha lutado bem; pois ele estava bastante satisfeito consigo mesmo e com o modo como tinha atacado a Doninha-Chefe, fazendo-a voar sobre a mesa com um golpe de seu bastão. Mas começou a procurar, e o Rato também, e logo eles encontraram um pouco de geleia de goiaba em um prato de vidro, e um frango frio, e uma língua que mal havia sido tocada, um pouco de pavê e uma boa quantidade de salada de lagosta; e na despensa encontraram uma cesta de pães e bastante queijo, manteiga e aipo. Estavam prestes a se sentar quando a Toupeira entrou pela janela, rindo, carregando várias espingardas.

– Acabou – ela disse. – Pelo que pude perceber, assim que os arminhos, que já estavam bastante agitados e nervosos, ouviram os guinchos e gritos e o alvoroço vindos do salão, alguns largaram as espingardas e fugiram. Os outros permaneceram firmes por um tempo, mas quando as doninhas vieram correndo na direção deles, eles acharam que tinham sido traídos; e os arminhos atacaram as doninhas, e as doninhas tentaram fugir, e eles lutaram e se contorceram e se socaram, e rolaram pelo chão, até a maioria cair no rio! Todos desapareceram, de um jeito ou de outro; e peguei as espingardas. Então está tudo certo!

– Que animal excelente e digno! – disse o Texugo, com a boca cheia de frango e pavê. – Agora, só tem mais uma coisa que quero que você faça, Toupeira, antes que se sente para jantar conosco; e eu não pediria, mas sei que posso confiar em você para cumprir uma tarefa, e gostaria de poder dizer o mesmo de todos que conheço. Eu mandaria o Rato, se ele não fosse um poeta. Quero que leve esses sujeitos que estão no chão lá para cima, e mande-os limpar e arrumar alguns quartos, garantindo que fiquem bem confortáveis. Mande-os varrer EMBAIXO das camas, e colocar lençóis e fronhas limpas, e virar com cuidado uma ponta do lençol, como você sabe que deve ser; e colocar uma tina de água quente, e toalhas limpas e sabonetes novos em cada quarto. Depois pode dar-lhes umas boas bordoadas, se quiser, e expulsá-los pela porta dos fundos, e não veremos mais NENHUM deles, imagino. E depois venha comer um pouco desta língua fria. Está excelente. Estou muito satisfeito com você, Toupeira!

A boa Toupeira pegou um bastão, colocou os prisioneiros em fila, deu-lhes a ordem:

– Marcha rápida! – e levou seu esquadrão escada acima.

Depois de um tempo, ela voltou sorrindo e disse que todos os quartos estavam prontos, limpos como novos.

– E eu não tive de dar nenhuma bordoada – acrescentou. – Achei que, no geral, elas tinham levado bordoadas suficientes por uma noite, e as doninhas, quando dei minha opinião, concordaram comigo, e disseram que nem pensariam em me causar incômodo. Estavam muito arrependidas, e disseram que sentiam muito pelo que tinham feito, mas que era tudo culpa da Doninha-Chefe e dos arminhos, e que se pudessem fazer qualquer coisa para nos recompensar, era só pedir. Então dei um pãozinho a cada uma, e deixei que saíssem pela porta dos fundos, e elas foram correndo, o mais rápido que podiam!

Então a Toupeira puxou sua cadeira até a mesa e atacou a língua fria; e o Sapo, como o cavalheiro que era, deixou de lado todo o seu ciúme e disse:

– Muito obrigado, querida Toupeira, por todo o seu trabalho esta noite, e principalmente por sua espertezaesta manhã!

O Texugo ficou contente com isso e falou:

– Assim disse meu bravo Sapo!

E eles terminaram o jantar com muita alegria e satisfação, e logo se retiraram para descansar em lençóis limpos, seguros na casa ancestral do Sapo, reconquistada com uma bravura incomparável, uma estratégia perfeita e um manuseio adequado dos bastões.

Na manhã seguinte, o Sapo, que dormira demais, como de costume, desceu vergonhosamente tarde para o café da manhã, e encontrou sobre a mesa algumas cascas de ovo, uns pedaços de torrada fria e dura, uma cafeteira com um quarto de café e pouca coisa além disso; isso não melhorou seu humor, considerando que, afinal de contas, era sua casa. Pelas portas francesas da sala de café da manhã ele viu a Toupeira e o Rato-d'Água sentados em cadeiras de vime no gramado, claramente contando histórias um ao outro; caindo na gargalhada e chutando as perninhas para o ar. O Texugo, que estava em uma poltrona absorto pelo jornal, apenas ergueu os olhos e acenou com a cabeça quando o Sapo entrou. Mas o Sapo conhecia aquele homem, então se sentou e tomou o melhor café da manhã possível, apenas dizendo a si mesmo que acertaria as contas com os outros mais cedo ou mais tarde. Quanto ele já tinha quase terminado, o Texugo levantou o olhar e observou brevemente:

– Sinto muito, Sapo, mas receio que você tenha uma manhã de trabalho pesado pela frente. Veja, precisamos fazer um Banquete logo, para comemorar. É o que se espera de você; na verdade, é o que dizem as regras.

– Ah, está bem! – respondeu o Sapo prontamente. – Faço qualquer coisa para agradá-los. Mas não consigo entender por que alguém pode querer um banquete de manhã. Mas você sabe que não vivo para agradar a mim mesmo, apenas para descobrir o que meus amigos querem, e tentar conseguir para eles, meu bom e velho Texugo!

— Não finja ser mais burro do que você é — respondeu o Texugo, irritado. — E não dê risadinhas e cuspa café enquanto fala, isso não são modos. O que quero dizer é que o banquete será à noite, é claro, mas os convites precisam ser escritos e enviados logo, e você precisa escrevê-los. Agora, sente-se nessa mesa, tem pilhas de papel aí em cima, com "Salão do Sapo" no cabeçalho em azul e dourado, e escreva convites para todos os seus amigos, e se você se dedicar talvez consigamos enviá-los antes do almoço. E EU vou ajudar também; vou fazer minha parte. EU vou pedir o Banquete.

— O quê! — exclamou o Sapo, consternado. — Eu, ficar aqui dentro escrevendo um monte de cartinhas em uma manhã alegre como esta, quando o que quero é dar uma volta em minha propriedade e colocar tudo e todos em ordem e me vangloriar e me divertir! É claro que não! Eu vou... Nos vemos... Mas espere um pouco! Ora, é claro, querido Texugo! O que é meu prazer ou minha conveniência comparada à dos outros! Você quer que isso seja feito, então será feito. Vá, Texugo, peça o Banquete, peça o que quiser; depois se junte a seus jovens amigos lá fora em sua alegria inocente, alheios a mim e a minha labuta. Vou sacrificar esta manhã no altar do dever e da amizade!

O Texugo olhou para ele muito desconfiado, mas o semblante franco e sincero do Sapo fez com que fosse difícil sugerir qualquer motivo indigno para aquela mudança de atitude. Então, ele saiu do cômodo, indo em direção à cozinha, e assim que a porta se fechou o Sapo correu para a mesa. Uma bela ideia lhe ocorrera enquanto estava falando. Ele escreveria SIM os convites; e faria questão de citar o papel de liderança que assumira na luta e que derrubara a Doninha-Chefe; e citaria de passagem suas aventuras, e a vida de triunfo que tinha para contar; e no verso definiria uma espécie de programa de entretenimento para a noite — algo mais ou menos assim, conforme ele desenhara em sua cabeça:

DISCURSO...DO SAPO
(Haverá outros discursos do SAPO no decorrer da noite.)

PALESTRA..DO SAPO

SINOPSE – Nosso sistema prisional – Os canais da Velha Inglaterra – Negociando cavalos, como negociar – Propriedade, seus direitos e seus deveres – De volta à terra – Um típico escudeiro inglês

CANÇÃO..DO SAPO
(Composta por ele mesmo.)

OUTRAS COMPOSIÇÕES DO SAPO
serão cantadas no decorrer da noite pelo...........................COMPOSITOR

A ideia o agradou muito, e ele trabalhou duro e terminou todas as cartas antes do meio-dia, quando foi informado de que havia uma doninha pequena e enlameada à porta, perguntando timidamente se poderia ter alguma utilidade para os cavalheiros. O Sapo saiu com um ar arrogante e descobriu que era um dos prisioneiros da noite anterior, muito respeitoso e ansioso por agradar. Deu-lhe um tapinha na cabeça, enfiou o maço de convites em sua pata e disse que se apressasse e entregasse os convites o mais rápido possível, e, se quisesse voltar no fim da tarde, talvez lhe desse uma moeda, ou talvez não; e a pobre doninha pareceu muito grata, e saiu apressada para cumprir sua missão.

Quando os outros animais voltaram para o almoço, bastante agitados e alegres depois de uma manhã no rio, a Toupeira, que estava com um incomodozinho na consciência, olhou para o Sapo desconfiada, esperando encontrá-lo mal-humorado ou deprimido. Em vez disso, ele estava tão altivo e presunçoso que a Toupeira começou a suspeitar de alguma coisa; enquanto isso, o Rato e o Texugo trocaram olhares profundos.

Assim que a refeição acabou, o Sapo enfiou as patas nos bolsos da calça e comentou, casualmente:

– Bem, se cuidem, rapazes! Podem pedir o que quiserem!

E estava saindo com o queixo em pé em direção ao jardim, onde queria pensar em uma ou duas ideias para seus discursos, quando o Rato o pegou pelo braço.

O Sapo suspeitou o que ele queria, e fez de tudo para escapar; mas quando o Texugo o pegou pelo outro braço com firmeza, ele começou a perceber que o jogo havia chegado ao fim. Os dois animais o conduziram até o fumódromo que dava para o hall de entrada, fecharam a porta e o sentaram em uma cadeira. E os dois ficaram em pé à sua frente, enquanto o Sapo se mantinha calado e olhava para eles com muita desconfiança e mau humor.

– Preste muita atenção, Sapo – disse o Rato. – É sobre o banquete, e sinto muito por ter de falar com você neste tom. Mas queremos que você entenda muito bem, de uma vez por todas, que não vai haver discurso nenhum nem canção nenhuma. Tente entender o fato de que quanto a isso não haverá discussão, estamos apenas avisando.

O Sapo viu que não havia saída. Eles o entendiam, enxergavam tudo o que fazia, e enquanto ele ia com a farinha já estavam voltando com o bolo. Seu sonho agradável fora destruído.

– Não posso cantar só UMA musiquinha? – ele implorou penosamente.

– Não, nem UMA musiquinha – respondeu o Rato com firmeza, embora seu coração sangrasse ao perceber o lábio do pobre Sapo decepcionado, tremendo. – Não é bom, Sapinho; você sabe muito bem que suas músicas são cheias de presunção e arrogância e vaidade; e seus discursos são cheios de autoelogios e... e... bem, e muito exagerados e... e...

– É uma falação – completou o Texugo, com seu jeito simples.

– É para o seu bem, Sapinho – continuou o Rato. – Você sabe que PRECISA virar uma nova página mais cedo ou mais tarde, e agora parece uma ótima hora para começar; uma espécie de reviravolta em sua vida. Por favor, não pense que dizer isso não dói mais em mim do que em você.

O Sapo ficou um bom tempo mergulhado em seus pensamentos. Por fim, ele levantou a cabeça, e a emoção em seu rosto era visível.

– Vocês conseguiram, meus amigos – ele disse, com a voz falha. – Era, certamente, algo pequeno o que eu pedia... apenas me deixar florescer e expandir uma última noite, me deixar levar e ouvir os aplausos turbulentos que me parecem sempre trazer à tona, de alguma maneira, minhas melhores qualidades. No entanto, vocês estão certos, eu sei, e eu estou errado. De agora em diante vou ser um Sapo diferente. Meus amigos, vocês nunca mais vão corar por minha causa. Mas, ah, Deus, que mundo difícil!

E, passando o lenço no rosto, ele saiu, com passos hesitantes.

– Texugo – disse o Rato –, eu me sinto um bruto; me pergunto como VOCÊ se sente?

– Ah, eu sei, eu sei – disse o Texugo, melancólico. – Mas nós tínhamos que fazer isso. Esse bom sujeito tem de viver aqui, e se manter forte, e ser respeitado. Você prefere que ele seja motivo de chacota, ridicularizado por arminhos e doninhas?

– É claro que não – disse o Rato. – E, falando nas doninhas, foi sorte termos encontrado aquela doninha saindo com os convites do Sapo. Eu estava desconfiado pelo que você tinha me contado, e dei uma olhada em um ou dois convites; eram simplesmente vergonhosos. Confisquei todos, e a boa Toupeira agora está sentada no quarto azul, preenchendo convites simples.

Finalmente a hora do banquete começou a se aproximar, e o Sapo, que deixando os outros tinha se recolhido em seu quarto, estava sentado ali, melancólico e pensativo. Com a testa apoiada na pata, ele pensou longa e profundamente. Aos poucos, seu semblante clareou, e ele começou a dar sorrisos largos e longos. Então começou a rir de um jeito tímido e constrangido. Por fim, ele se levantou, trancou a porta, fechou as cortinas, juntou todas as cadeiras do quarto, colocando-as em um semicírculo, e se posicionou no centro, claramente inflado. Então ele curvou-se, tossiu duas vezes e, deixando-se levar, com a voz elevada ele cantou, para a plateia extasiada que sua imaginação via claramente.

A ÚLTIMA CANÇÃO DO SAPO!

O Sapo voltou!
Pânico nos corredores e gritos no salão,
Choradeira nos currais e uivos no galpão,
Quando o Sapo voltou!

Quando o Sapo voltou!
Quebraram as janelas e arrombaram o portão;
As doninhas apressadas acabaram no chão
Quando o Sapo voltou!

Bang! É a bateria!
Os trompetes a soar e os soldados a marchar
O canhão a atirar e os carros a buzinar
É um grande dia!

Gritem Viva!
Que cada um da multidão possa gritar bem alto,
Pois aí vem o animal a quem eu tanto exalto,
É tanta expectativa!

Ele cantou isso bem alto, com fervor e expressão; e, quando acabou, cantou tudo de novo.

Então soltou um suspiro profundo, um suspiro compriiiido.

Então mergulhou a escova de cabelo na tina com água, repartiu o cabelo ao meio, e o empastou, bem reto e liso dos dois lados do rosto; e, abrindo a porta, desceu as escadas em silêncio para cumprimentar os convidados, que ele sabia que já estariam reunidos na sala de estar.

Todos os animais aplaudiram quando ele entrou, e se aglomeraram ao seu redor para parabenizá-lo e cumprimentá-lo por sua coragem, e sua esperteza, e suas qualidades em combate; mas o Sapo apenas sorria levemente e murmurava:

– Imagine!

Ou, às vezes, para variar:

– Ao contrário!

A Lontra, que estava em pé em frente à lareira, descrevendo a um círculo de amigos admirados exatamente o que teria feito se estivesse lá, se aproximou com um grito, jogou um braço ao redor do pescoço do Sapo, e tentou conduzi-lo triunfante pelo salão; mas o Sapo, de um jeito manso, quase o censurou, comentando gentilmente, enquanto se desvencilhava:

– O Texugo foi o mentor; a Toupeira e o Rato-d'Água suportaram o peso do combate; eu só assumi minha posição e não fiz quase nada.

Os animais ficaram claramente confusos e surpresos com essa atitude inesperada; e o Sapo sentiu, avançando de um convidado ao outro, com suas respostas modestas, que era o objeto de interesse de todos.

O Texugo encomendara tudo do melhor, e o banquete foi um grande sucesso. Havia muita conversa e risada e zombaria entre os animais, mas o tempo todo o Sapo, que era o anfitrião, é claro, manteve o olhar baixo e murmurou palavras vazias e agradáveis para os animais que estavam ao seu lado. De tempos em tempos, ele dava uma olhada para o Texugo e o Rato, e sempre que olhava os animais estavam se entreolhando boquiabertos; e isso lhe causava grande satisfação. Alguns dos animais mais jovens e animados, conforme a noite avançava, começaram a sussurrar uns aos outros que as coisas não estavam tão animadas quanto costumavam ser nos bons e velhos tempos; e alguns bateram na mesa e clamaram "Sapo! Discurso! Discurso do Sapo! Música! A música do senhor Sapo!". Mas o Sapo apenas balançou a cabeça suavemente, levantou uma pata em leve protesto e, empurrando iguarias para seus convidados, jogando conversa fora e fazendo perguntas interessadas sobre membros da família que ainda não tinham idade para comparecer a eventos sociais, conseguiu passar a ideia de que o jantar fora planejado segundo hábitos convencionais.

Era mesmo um Sapo mudado!

Depois desse clímax, os quatro animais seguiram vivendo suas vidas, tão grosseiramente interrompidas por uma guerra civil, com grande alegria e satisfação, sem a amolação de novas rebeliões ou invasões. O Sapo, depois de consultar os amigos, escolheu uma bela corrente de ouro e um medalhão cravejado de pérolas, que enviou para a filha do carcereiro com uma carta que até mesmo o Texugo admitiu ser modesta e cheia de gratidão; e o maquinista, por sua vez, foi devidamente reconhecido e recompensado por todo o incômodo. Sob coação do Texugo, até mesmo a barqueira foi, com alguma dificuldade, encontrada, e o valor do cavalo discretamente devolvido; embora o Sapo tenha protestado muito contra isso, uma vez que se considerava um instrumento do Destino, enviado para punir mulheres gordas com braços sarapintados que não eram capazes de reconhecer um cavalheiro de verdade quando encontravam um. A quantia envolvida, é verdade, não era onerosa, pois a avaliação do cigano fora considerada correta por avaliadores locais.

Às vezes, ao longo das noites de verão, os amigos caminhavam juntos pela Floresta Selvagem, domesticada com sucesso na opinião deles; e era agradável ver que eram recebidos com respeito pelos habitantes, e que as doninhas-mães traziam os pequenos até a boca de seu buraco e diziam, apontando:

– Veja, bebê! Lá vai o grande senhor Sapo! E o valente Rato-d'Água, um grande guerreiro, caminhando ao lado dele! E lá vem a famosa senhora Toupeira, de quem você tanto ouviu seu pai falar!

E quando os bebês estavam rebeldes e incontroláveis, elas os acalmavam dizendo que, se não se acalmassem, o terrível Texugo viria pegá-los. Era uma calúnia infame contra o Texugo, que, apesar de não ligar muito para a Sociedade, gostava muito de crianças; mas sempre funcionava.